www.SueñosdePapelyTinta.com

# TRAICIÓN

## Un secreto Peligroso

# TRAICIÓN

## Un secreto Peligroso

MARY MARTÍN

www. Sueños de Papel yTinta .com

**Primera edición:** Septiembre 2019  por María del mar Martín Fernández

© **Derechos de edición reservados.**

www.sueñosdepapelytinta.com

marymartinoficial@Hotmail.com

Colección Novela

© **Mary Martín**

© María del mar Martín Fernández

Diseño de cubierta y maquetación: © María del mar Martín Fernández

Fotografía de cubierta: ©Fotolia.es

Corrección: © Amanda Cazorla Abad

http://elcircodepalabras.wix.com/principal

http://elcircodepalabras.blogspot.com.es

**Depósito legal:** Al 1538-2018

**ISBN:** 978-84-09-03699-8

A todo el que siempre estuvo ahí.

Mil Gracias de corazón.

# Cuando Te Marches

Cuando te marches,
no.mirés a trás.

Sigue adelante tu camino,
no quiero que seas testigo
de una lágrima que brota
desde mi corazón.

Cuando vuelvas,
aquí seguiré esperándote,
sé que tu amor no desaparecerá
ni por la distancia, ni por el tiempo.

Tan solo me queda una cosa por decir.
Te amé, te amo y te amaré.
Por y para siempre.

# 14

## La esperanza es lo último que se pierde.

Mientras caminábamos por la estación de autobuses, me sentía muy intranquila. Gustavo, no tardo en darse cuenta. Por ese motivo intento que me relajase un poco, más el esfuerzo resulto en vano. Juro que intentaba ser positiva y pensar que todo saldrá bien, pero ese estado de nervios se había apoderado de todo mi ser.

Tras una larga espera, por fin conseguimos aproximarnos a las taquillas.

—En que les puedo ayudar —pregunto muy gentilmente la señora.

—Deme dos billetes de para la última parada del primer autobús que salga—le indicó Gustavo.

La mujer sin hacer preguntas al respecto nos dio los billetes a la vez que indicaba el importe con una gentil sonrisa. Gustavo pago, recogió nuestros billetes, los observo detenidamente y comento: Cariño, nuestro nuevo destino es Cabo de gata. Rápidamente fuimos al anden para no perder el autobús.

Al llegar aún estaba intentando relajarme, pero con cada minuto que pasaba me sentía más angustiada. Gustavo rodeó mis caderas con sus brazos y deposito un dulce beso sobre mi mejilla.

Para mí ese acontecimiento fue como si el mundo se hubiese detenido, todo a mi alrededor se terminó difuminando y los temores que momentos antes me atormentaban pasaron a un segundo plano.

Un poco más relajada, intente fijarme en la gente que se encontraba allí cómo nosotros. En uno de los bancos una señora mayor mecía a un bebé. Junto a ella una chica desaliñada estaba enfrascada en la lectura de un libro titulado *Pedacitos de mí*, un señor hablaba por teléfono, en

la cola frente a nosotros una pareja discutía por el asiento de ventanilla, a nuestra espalda habían más personas pero sentí pudor y no me volví para observarlos.

Todos y cada uno de ellos estaban enfrascados en sus cosas, sin relacionarse con los demás ajenos a todo lo que rodeaba al resto de pasajeros que junto a ellos realizaban este viaje. En ese momento recordé las excursiones del orfanato, las charlas con mis amigas mientras esperábamos para subir al transporte público, las carreras para lograr el asiento de ventanilla.

Poco a poco esa nostalgia fue apoderándose de cada uno de mis sentidos, hasta que finalmente terminé por olvidar el peligro inminente que nos estaba acechando. Un grito a mis espaldas me hizo regresar a la realidad con tal brusquedad que pillé un buen repullo.

—Tranquila cariño, solamente es el conductor del autobús. —Dijo Gustavo al mismo tiempo que me abrazaba.

El conductor, un señor con cara de pocos amigos, abrió la puerta del autobús, entró y cerró la puerta.

Cuando faltaban cinco minutos, bajó y empezó a recoger los billetes. Al entrar buscamos un lugar lo más apartado posible de todos los pasajeros, cosa que no resultó muy complicada pues estaba prácticamente vacío y tampoco se llenó mucho más con los pasajeros que entraron después.

Primero me senté yo en el asiento que se encuentra junto a la ventanilla, corrí la cortina. Gustavo dejó nuestro escaso equipaje en los compartimentos que se encuentran sobre los asientos y se sentó junto a mí.

—¿Estás todavía nerviosa? —preguntó con una sonrisa tan hermosa que me dejó con cara de tonta.

—Un poco —contesté intentando recuperar la compostura.

Él se desternilló estrepitosamente y lo que me hizo sentirme bastante molesta por el escándalo que estaba montando. El semblante de mi cara se endureció, seguramente si hubiese podido matar con la mirada, en ese momento habría matado a más de uno.

—No te enfades —dijo al ver mi estado e intentó acariciarme la mejilla pero lo esquivé.

—¡Que no me enfade! —exclamé dedicándole una mirada gélida y controlándome para no alzar demasiado la voz.— Te ríes como un loco llamando la atención de todo el mundo y encima te das el lujo de decirme que no me enfade. ¡Bonita forma de pasar desapercibidos! —Dije tan enfadada y con una furia tan grande que hasta yo misma me sorprendí. Aunque me mantuve firme para que no se notase que hasta yo me había sorprendido bastante.

—Vale, tienes razón ha estado mal y tengo que controlarme —Comentó él triste y bajando la mirada.—. No volverá a pasar, lo siento. —Sorprendiéndole sujete su rostro y le di un tímido beso en los labios.

—No te preocupes pero recuerda que no podemos llamar la atención. —le expliqué intentando que se relajase del mismo modo que momentos antes él había intentado que me relajase yo.

Durante el resto del trayecto no volvimos a hablar. Cuando llegamos a nuestro destino sentía todo mi cuerpo entumecido.

Sin ganas empezamos a buscar por toda la zona una posada para pasar la noche, pero como no conocíamos el lugar, no encontramos ningún lugar en el que podernos hospedar. Finalmente terminamos por sentarnos en el banco de un parque infantil y sin más remedio tuvimos que pasar ahí toda la noche.

En ese momento me sentía asustada, las horas se hicieron eternas y el frío penetró por cada uno de mis huesos. Gustavo durmió toda la noche, con cara de tranquilidad. Aún hoy día no consigo comprender como él podía dormir tan tranquilo en cualquier parte.

A eso de las cinco de la mañana empecé a intentar despertarlo, tampoco habría sido recomendable que alguien nos viese acampando en mitad de la calle. En un principio estaba desorientado como si no supiese donde se encontraba pero a los pocos segundos se levantó y nuevamente emprendimos nuestro viaje.

—Abril, siento mucho haberte hecho pasar toda la noche a la intemperie. —dijo Gustavo bastante afligido.

—Tranquilo, no tienes porqué disculparte. ¿Qué te parece si buscamos algún lugar para desayunar? —le pregunté quitando importancia al asunto y regalando una

de mis mejores sonrisas. —¡Estoy hambrienta!

—Claro vamos, aunque no creo que encontremos nada abierto a esta hora. —Comentó él entre somnoliento y pensativo.

—¡Que más da! tampoco tenemos nada mejor que hacer. —Dije poniendo una sonrisa socarrona e intentando animarle.

Recogimos del suelo nuestras pocas pertenencias y caminamos para investigar por la zona. Gustavo disimuladamente rodeó mi cintura con su brazo derecho y así caminamos por todo el lugar.

Seguramente todos los viandantes con los que nos cruzábamos estarían pesando que éramos una pareja de recién casados. ¿Quién podría pensar que somos una pareja de fugitivos?

—¿Qué te parece si desayunamos ahí? —Propuso Gustavo a la vez que señalaba una pequeña cafetería.

—Vamos —acepté de buena gana avanzando hacia la puerta del establecimiento.—. Tenemos una conversación pendiente.

—¿Ah, sí? —se extraño él y guardó silencio durante unos segundos, los cuales me resultaron eternos. —¿ De qué se supone que tenemos que hablar? —preguntó con la voz cargada de preocupación cuando no llegó a imaginarse de qué era de lo que teníamos que hablar.

—Del motivo que tuve para pedirte que nos marchásemos. —contesté seriamente a la vez que con mi mano derecha acariciaba delicadamente su mejilla.

—No te preocupes, no es necesario, confío en ti y si lo hiciste es porque tenías motivos más que suficientes.

Durante unos minutos nos mantuvimos en silencio, casi sin movernos, sin parpadear, sin respirar... a pesar de que todas las personas que pasaban junto a nosotros se nos quedaban mirando me sentía muy cómoda y no quería que ese momento terminase nunca.

—¿Nos sentamos? —Preguntó Gustavo, mientras rodeaba mi cintura con sus manos. No supe qué decir así que me limité a seguir mirándole y esbozar una sonrisa.

Al sentarnos en la mesa se acercó una muchacha para tomarnos nota.

—¿Qué desean tomar? —preguntó ella con una sonrisa.

—Un bombón con hielo y una ensaimada —Comenté mientras ella anotaba en una pequeña libreta.

—Y usted señor, ¿qué desea tomar?

—Un cortado de máquina y media tostada de tomate con jamón —le respondió él a la vez que le entregaba las cartas del desayuno.


La camarera tardó muy poco en regresar a la mesa con todo lo que le habíamos pedido. Durante todo el desayuno permanecimos totalmente en silencio, mientras a nuestro alrededor brotaba el bullicio por doquier.

—Gustavo, tenemos que hablar —dije abrupta mente.

—¡En serio! —Dijo sin dar crédito a sus oídos.

—Sí, es en serio —contesté bastante molesta —¿Me ves con cara de estar bromeando!

—Vale, no te enfades...

—El otro día nos tuvimos que ir porque al entrar en la iglesia, vi como creaban un ritual satánico —le dije del

tirón, casi incluso sin respirar siquiera, pero cuando iba a continuar con todo el relato me interrumpió debido a la sorpresa.

—¿Qué? Como que un... —Le corté sin esperar que terminase.

—Por favor déjame terminar y después podrás intervenir.

—Disculpa, continúa —Él intentó relajarse un poco para escuchar todo lo que yo tenía que contar.

—Bueno pues como te decía, estaban practicando una ceremonia satánica con un bebé. Había hombres ocultos bajo unas capuchas. Una mujer gritaba súplicas para que le devolvieran a su hijo. Creo que uno de ellos me vio y salí corriendo. Después de eso ya sabes todo lo que sucedió.

En ese mismo momento al terminar de hablar ambos nos quedamos totalmente en silencio, mirándonos fijamente. En su rostro pude apreciar bastante preocupación y el rostro desencajado. Supongo que por la gravedad de los acontecimientos, el miedo de que

realmente me pudiesen haber visto y una larga lista de temas que perfectamente podría ser interminable.

—Pero ¿cómo que supones?

—¡Por favor! Paloma déjame terminar, después podrás intervenir.


Como iba diciendo, en ese momento nos quedamos callados sin saber qué hacer ni qué decir. Gustavo me abrazó y me susurró al oído que no me preocupase, que todo saldría bien. Él estaba bastante tenso pero aún así me transmitía mucha tranquilidad.

Al terminar de desayunar y pagar nuestra consumición, volvimos a la búsqueda de alojamiento. Conforme íbamos avanzando a lo largo del pueblo, sus pintorescas calles y el olor del mar terminaron atrapándome.

Durante un rato conseguí olvidar todo lo acontecido en los últimos meses y al fin logré relajarme. A lo lejos vimos el mar, salí corriendo y Gustavo, sin entender mi comportamiento, corrió detrás de mí. Al llegar a la zona me pareció el lugar más hermoso que había visto en toda

mi vida.

La playa se encontraba dentro de una zona urbana, la arena era blanca, los pájaros campaban a sus anchan entre la gente… Esa increíble belleza que tenía la suerte de estar disfrutando y la inmensidad del mar me atraían poderosamente. No lo pude evitar y corrí todo el tramo que quedaba lo más rápido que pude y me metí en el agua. Desde la orilla, Gustavo me miraba y se reía.

—¿Qué haces? —Gritó él entre carcajadas.

Sin mirarlo, ni responder hice como que no había escuchado nada y seguí disfrutando de ese baño, hasta que unos minutos más tarde decidí que ya iba siendo hora salir.

Sin ganas, con el cuerpo más pesado de lo habitual por tener la ropa empapada, salí del agua. Gustavo pacientemente me esperaba sentado sobre la arena. Me miraba con una sonrisa en los labios y una inmensa dulzura en sus ojos.

# 15

## Una Vida Normal.

Sin darnos cuenta la noche se nos echó encima y aún continuábamos sin tener un lugar en el que pasar la noche. Agarrados de la mano nos marchamos de la playa y volvimos a emprender la búsqueda. Como si de una película se tratase al volver la esquina vimos un precioso aparta-hotel de cinco estrellas.

Sin pensarlo dos veces Gustavo apretó el paso y sin soltarme la mano entramos en aquel precioso establecimiento. Si el lugar por fuera era precioso imaginad al entrar. En ese momento empecé a acordarme de los cuentos de princesas que nos contaban en el orfanato y los juegos con mis amigas en los que yo era la

princesa de un precioso castillo en un remoto reino totalmente desconocido.

En esos momentos me estaba sintiendo igual que en mi infancia triste, aturdida y soñando con una vida mejor. Ahora ya no era una fantasía infantil, estaba creando mi propio cuento junto a un chico cariñoso y dulce.

Mientras yo soñaba y observaba todo lo que nos estaba rodeando, Gustavo consiguió alojamiento en uno de los apartamentos del hotel para unas cuantas semanas.

Muy emocionada por ver el lugar sin pensar en nada más seguí al botones junto a Gustavo. Al llegar a la puerta de la habitación el botones abrió la puerta, dejó nuestras pertenencias sobre una pequeña mesa para dos, se despidió de nosotros al mismo tiempo que entregaba las llaves a Gustavo.

Sin ganas de nada dejamos todas nuestras pertenencias dentro del armario del dormitorio sin ni siquiera sacarlas de la mochila. Gustavo empezó a ojear unos folletos de comida a domicilio y yo me metí en la ducha.

Después de tanto tiempo sin poder darme una ducha con tranquilidad, ese momento me supo a pura gloria. Al terminar, me puse el albornoz y salí del baño.

Al salir, reflejado en un pequeño espejo pude ver cómo Gustavo colgaba el teléfono de la habitación.

—Princesa, ya has terminado —Dijo él levantándose rápidamente y acercándose a mí para hacerme cosquillas. —Entonces me toca a mí, que tengo unas ganas tremendas de darme una buena ducha. —Sin darme tiempo a responder, se metió en el baño.

Desconcertada por esa actitud terminé de secarme y me puse un pijama para estar cómoda. Al terminar empecé a recorrer todo el apartamento. Nada más entrar a mano izquierda se encontraba un espejo y a la derecha la puerta del baño, de frente una pequeña sala de estar que al mismo tiempo es cocina en la que hay un pequeño sofá para dos, frente a este hay una televisión.

Justo a la espalda del sofá una pequeña mesa con dos sillas orientadas a las hermosas vistas que desde la ventana se pueden apreciar y en el lateral una cocina que va a todo lo largo. Una puerta junto al frigorífico de la cocina lleva al dormitorio en el que veo que únicamente hay una cama.

En ese momento los nervios se empezaron a apoderar de mí. Como es normal, al haber únicamente una cama no me quedaría más remedio que compartirla con él. Llamaron a la puerta  y como estaba ensimismada en mis pensamientos me pillé un susto tremendo.

Salí corriendo de la habitación, cuando estaba acercándome a la puerta salía Gustavo con una toalla anudada a la cintura, al verlo me quedé paralizada. Él me dedicó una hermosa sonrisa y preguntó a la persona que se encontraba tras la puerta.

—Señor, soy el repartidor de pizzas, traigo el pedido que nos realizó.

Gustavo abrió la puerta recogió las pizzas al mismo tiempo que preguntaba el coste total del pedido. Yo aún sin ser capaz de moverme, observaba la escena. En ese momento caí en que eso era lo que debía estar haciendo cuando lo vi colgar el teléfono. Dejó las pizzas sobre la mesa y pagó al repartidor el importe del pedido.

—¿Son para nosotros estas cinco pizzas? —Pregunté sin dar crédito a lo que estaba viendo.

—Todo esto es para nosotros pero además de haber tres pizzas, también tarta y patatas fritas. —Comentó él con una gran sonrisa.

Sin demora nos sentamos a la mesa y empezamos a devorar toda la comida, acompañados de las  preciosas vistas que nos aportaba la ventana. Mientras estábamos comiendo alguien volvió a llamar a la puerta. Gustavo se levantó de un salto y corrió hasta la puerta. Cuando regresaba a la mesa venía con una inmensa sonrisa y agitaba una llave.

—Mira, mañana iremos a conocer la zona en coche ¿Qué te parece? —Preguntó bastante emocionado.

—¿Pero cuándo has alquilado un coche? ¿Qué más has hecho mientras yo me daba una ducha?—Pregunté un poco ansiosa— ¿No enti... —Cuando volvía a formular otra avalancha de preguntas, él me hizo callar dándome un tímido beso en los labios.

—Lo solicité al reservar la habitación.

— ¿Pero como v... —volvió a cortar mi avalancha de preguntas.

—Abril, ¿quieres dejar de agobiarte y disfrutar los pequeños placeres que nos da la vida? —me preguntó metafóricamente, algo más serio de lo habitual.— Las cosas se complican por sí solas, no es necesario que encima te agobies y las compliques un poco más.

—Lo siento yo es que n…

—No te disculpes, disfruta el momento y déjate llevar. — Comentó volviendo a dibujar esa hermosa sonrisa que tanto me gusta. Yo me limité a asentir con la cabeza al mismo tiempo que seguía devorando un pedazo de pizza, porque sabía que si abría la boca una nueva oleada de preguntas terminarían por surgir.

—Terminamos de comer en silencio y sin nuevas interrupciones. El sabor de la deliciosa tarta se mantuvo en mi boca durante largo tiempo. A pesar de que era incapaz de comer un solo bocado más  seguía con ganas de seguir degustando un pedazo más. Por supuesto, contuve mis ganas e intentando olvidar que aún quedaba bastante tarta me senté a ver la televisión.

—Estoy lleno, no podría probar ni un solo bocado más —Afirmó Gustavo dejándose caen en el sillón. —. Esa tarta estaba de muerte.

—Por lo que mas quieras no me la recuerdes porque no puedo más, aun voy y me como otro pedazo. —comenté mirándolo fijamente sin poder parar de reír.

Una estrepitosa carcajada de Gustavo desencadenó una gran oleada de risas de ambos. Cuando conseguimos calmarnos busqué en la televisión una película. Después de mucho buscar terminamos viendo una serie de anime llamada *Azuki*. A la mañana siguiente, ambos estábamos dormidos en el sofá. Sentía todo mi cuerpo entumecido por la mala posición que había mantenido durante toda la noche. Al intentar levantarme terminé despertando a Gustavo.

—Valla terminamos quedándonos dormidos en el sofá. —Cansada mente se desperezó — Jolines que dolor de espalda. Sin decir nada me limité a mirarlo y sonreír mientras me comía un gran pedazo de tarta. — Serás mala te has servido casi toda la tarta que quedaba —Dijo el haciendo pucheros.

Dándose por vencido se sirvió la tarta que le había dejado y sin ningún comentario más, se sentó a la mesa.

Poco después me senté junto a él. Tenía la mirada perdida en el horizonte y parecía estar pensativo.

—Me parecen preciosas las vistas que tenemos.

—Sí, lo son. A mí también me gustan mucho. Ojala pudiésemos quedarnos para siempre. —comenté apesadumbrada.

—Sabes que no podemos, pero en nuestros próximos destinos seguramente veremos lugares tan hermosos como este o incluso más —me aseguró Gustavo sin dejar de mirar el horizonte mientras yo le quitaba tarta de su plato. —. ¡Pero serás mala!, encima de que te echas el trozo más grande me quitas la que me has dejado.

— ¡Es que está tan rica! —exclamé poniéndole cara de pena para distraerlo mientras sin que se percatase le quitaba otra cucharadita al trozo de pastel.

—Jolines, pero a mí también me gusta y casi no me has dejado nada.

## 16

## En Medio de la Nada.

Entre risas y besos nos dirigimos a recepción. Preguntamos al recepcionista por donde teníamos que ir para acceder al garaje y una vez ahí buscamos el coche pulsando el botón de la llave. Un gran fogonazo de luz nos indicó su posición.

Al llegar hasta el coche nos quedamos totalmente asombrados, era un precioso descapotable negro con asientos de piel y muy confortables. Pulsé el botón para quitarle la capota al coche. Gustavo arrancó y sin rumbo fijo iniciamos nuestro paseo.

La sensación del viento acariciando mi cara y alborotando mi pelo me encantaba. Gustavo también

parecía contento pues tenía una inmensa sonrisa.

—¿Qué te parece si paramos un rato aquí y nos hacemos unas fotografías?

—Por mí está perfecto —acepté sin dejar de observar el precioso entorno que nos estaba rodeando. —.Pero luego tendremos que ir a buscar algún lugar para comer.

—No será necesario, al pedir el coche también encargué que por la mañana nos preparasen una cesta de *picnic*. —Dijo el poniendo una sonrisa socarrona.

—¡Pero bueno! Estás en todo —comenté asombrada —Estás hecho toda una caja de sorpresas.

—Pues prepárate porque el día aun no ha terminado. —me aseguró mientras dibujaba una sonrisa pícara.


Sin lograr salir de mi asombro y con el corazón acelerado por la emoción del momento. Me dejé llevar, me coloqué delante de él, puse mi mano derecha sobre su mejilla y mi mano izquierda sobre su cintura, lo miré un momento a los ojos. Él parecía desconcertado pero no hice caso. Finalmente terminé dándole un largo y apasionado beso.

—Vaya, ahora el sorprendido soy yo. —Dijo totalmente asombrado.

—Bueno, yo también te puedo dar muchas sorpresas, el día es muy largo. —Dije devolviéndole sus palabras con pitorreo y una gran sonrisa de victoria.

—Mira que eres traviesa —comentó haciéndome cosquillas.

En ese momento ya no pude parar de reír. Sus ataques de besos y cosquillas eran avasalladores. Cuando ya no podía reír más me escurrí de entre sus brazos.

—Ahora resulta que eres escurridiza.

—A que no me pillas, a que no me pillas... —Canturree a la par que le hacia burlas.

Él me siguió el juego y salió corriendo, durante un rato lo conseguí esquivar pero cuando ya estaba totalmente cansada consiguió alcanzarme. En cuanto me alcanzó me atrapó entre sus brazos y dijo: <<Te he atrapado >>.

Finalmente terminó por depositar una oleada de tiernos y dulces besos sobre mí. Mi estómago se quejó de hambre. Cogiéndome en brazos regresó hasta el coche. Me dejó sobre el capó y se marchó hacia el maletero. Sobre el suelo colocó un mantel y una cesta de mimbre.

Poco a poco empezó a sacar los manjares que más tarde terminaríamos por degustar. Sin moverme de donde me encontraba lo observé esforzándose porque todo estuviese perfecto.

En cuanto terminó se acercó a mí. Se colocó entre mis piernas y posó sus manos sobre mi cintura. Sin darle tiempo a pensar le di otro largo beso, rodeé sus caderas con mis piernas y su cuello con mis brazos. Sin dejarle salir de su asombro, volví a la carga dándole otro beso. Él se quedó sin habla, me miró un instante en el cual no dejé de sonreír.

Bajé la guardia y terminó siendo él quien me sorprendió a mí. Con un rápido movimiento se deshizo del abrazo de mis piernas a sus caderas y me llevó en volandas hasta el mantel. Una vez ahí se sentó conmigo aún en brazos y empezó a bañarme con delicados besos.

De pronto paró, me abrazó y hundió su rostro entre mi pelo. Con un brazo lo abracé y con la mano que me quedaba libre logré alcanzar un emparedado de salmón ahumado.

— ¿Está bueno?

—Bueno no, delicioso.

Comimos entre risas y después nos tumbamos sobre el mantel observando las nubes. De pronto sentimos como alguien arrancaba nuestro coche. Gustavo rápidamente se levantó y corrió hacia el coche. Pero la pareja de ladrones fue más rápida. Consiguieron arranchar el coche antes de que llegase y poniendo marcha atrás se marcharon con en coche dejándonos tirados en medio de ninguna parte.

— ¡Mierda! —Gritó Gustavo lleno de ira.— Nos va a tocar caminar durante horas…

Poco a poco empecé a recoger todas las cosas dentro de la cesta, no quedaba comida así que por ese lado era una ventaja pues pesaría menos, pero por otro lado la desventaja era que se acercaba la hora de cenar y no

teníamos nada que comer.

—Bueno, será mejor que nos marchemos ya, tenemos que caminar mucho y vamos a llegar muy tarde. —dije triste.

—Sí, será lo mejor —Comentó malhumorado. Él cogió la cesta y yo cogí el mantel. En silencio comencemos a caminar sin saber bien si llevábamos o no llevábamos la dirección correcta—. Maldita sea, nos han arruinado la salida... Aún tenía dos paradas más programadas.

—No te tortures, no es tu culpa, nos han robado, eso no podías prevenirlo con anterioridad. Nadie puede. —Comenté entre apesadumbrada e intentando consolarlo. Pero no obtuve muy buenos resultados.

Realizamos el resto del trayecto sin decir ni una sola palabra más. Al llegar al aparta-hotel era tardísimo. Llegamos tan cansados que poner una pierna delante de la otra parecía una tarea imposible. Gustavo depositó la cesta sobre el mostrador y le explicó lo sucedido al recepcionista.

—De acuerdo, tendremos que ir a poner la denuncia —Comentó el recepcionista desganado. —.Pero tendrá que esperarme un rato pues he de sacar del ordenador la documentación del vehículo y debemos esperar a que llegue mi compañero de turno de noche.

—Como usted diga —Dijo Gustavo sin energía para seguir hablando—. Hemos andado muchísimo camino y creo que no será necesario que acudamos los dos a poner la denuncia así que supongo que mi esposa puede retirarse a descansar, ¿no?

—Claro, realmente lo único que se necesita es el alquilador para que declare los acontecimientos y el propietario para la documentación. Así que la señora puede retirarse tranquilamente a descansar.


No muy convencida me retiré a la habitación arrastrando los pies. Al entrar por la puerta vi una romántica cena preparada la cual ya estaba totalmente fría, un centro de mesa con velas flotantes totalmente derretidas y flores. Al verlo las lágrimas brotaron sin control ni permiso alguno.

Él lo tenía todo preparado para un precioso día en el cual terminaríamos con una romántica cena a la luz de las velas. Pero finalmente ha sido un bonito principio con un final desastroso.

Apesadumbrada entré en la ducha, cuando salí de ella me puse el albornoz y fui al dormitorio a buscar mi pijama. Al abrir la puerta de la habitación y vi toda la cama llena de pétalos de tulipanes, más centros de agua con velas flotantes totalmente derretidas terminé por desmoronarme del todo.

No me esperaba nada así, jamás nadie había hecho por mí todo lo que él estaba haciendo y me sentía dichosa. Llorando me eché sobre la cama, no tengo ni idea cuánto estuve llorando, no lo recuerdo, perdí la noción del tiempo acurrucada entre las sábanas que yo misma había deshecho.

A la mañana siguiente ya no me encontraba sobre el colchón, aunque sí seguía con el albornoz puesto, ahora estaba dentro de la cama arropada entre las sábanas. Gustavo a mi lado dormía plácidamente.

Durante un largo rato me mantuve mirando cómo dormía.

Hasta que finalmente él terminó abriendo los ojos y con una hermosa sonrisa dibujada en su cara me dio los buenos días. Le devolví la sonrisa y deposité un delicado beso sobre su frente.

—Lo siento, anoche llegué muy tarde y no estuve aquí para consolarte. —Dijo él apesadumbrado.

— ¡Para consolarme! ¿Por qué ibas a tener que realizar tal cosa? —pregunté haciendo parecer que no había sucedido nada. Lo mejor era que no supiese cuánto me habían afectado los hechos del día anterior.

—Abril, no le quites importancia al asunto, sé que anoche lloraste al ver cómo estaba el apartamento, no me puedes engañar... tienes los ojos hinchados. —me respondió tan rotundamente y con tanta seguridad que no pude continuar fingiendo, me había calado.

—De acuerdo, me desmoroné un poco, pero no es tu culpa que todos los planes saliesen al revés. —comenté intentando animarlo.

—No es mi culpa que todos los planes saliesen mal, pero sí es mi culpa el haber llegado tan tarde. Después de estar en comisaría estaba tan enfadado porque todo había salido terriblemente mal que me fui al bar a tomar algo.

No debí irme a ninguna parte, no debí haber sido tan egoísta, debí pensar q... — no pude aguantar más y terminé por cortarlo.

—Lo hecho, hecho está y ahora no vas a conseguir solucionar nada con lamentaciones.

—De acuerdo, dejaré de lamentarme como tú dices pero con una condición.

— ¡Una condición! —exclamé totalmente intrigada— ¿Que condición es  esa?

—Que el próximo plan lo prepares tú —Respondió con una sonrisa pícara.

—De acuerdo —acepté el reto con una idea en mente.

— ¿No hay ningún pero ni condición adicional?— Preguntó bastante intrigado por mi rápida aceptación.

—Por supuesto que tengo un <<pero>> —Comenté con una mueca socarrona.

— ¿Y bien? —inquirió deseoso por saber qué era lo que tenía que decirle. Sin duda ya me iba conociendo y sabía que era impredecible y podía salir cualquier cosa.— ¿Cuál es ese <<pero>>?

—Pero —Realicé una larga pausa para ponerlo nervioso al mismo tiempo que lo provocaba—... voy a necesitar los días que nos quedan pagados en este aparta-hotel.

# 17

# El plan de Abril.

Al día siguiente desperté con los nervios a flor de piel, tenía que planear lo que realizaríamos durante todo el día. Pero para mi mala suerte no tenía ni la más mínima idea.

Durante largo tiempo estuve divagando sobre las posibles opciones pero finalmente todas y cada una de ellas terminaban siendo descartadas. Justo cuando sentí que Gustavo se estaba despertando me levanté a toda prisa del sofá y me escondí en el baño para ganar un poquito más de tiempo.

—¿Vas a tardar mucho? —Preguntó él tras golpear ligeramente la puerta— ¡Necesito utilizar el baño!

—Estoy dándome una ducha —Mentí, no sabía que más hacer y como fuese necesitaba ganar un poco más de tiempo.

—De acuerdo, no te preocupes que mientras bajaré a recepción —no tardé en escuchar cómo la puerta de la habitación se cerraba.


En ese momento respiré un poco más aliviada, aunque me sentí bastante culpable. Pero para mi mala suerte, no tenía un plan, aunque para ser sincera me sentí bastante aliviada porque tenía un poco más de tiempo. No tengo ni idea cuanto tiempo me mantuve divagando pues él regresó y yo aún no tenía nada preparado.

—Buenos días —me saludó él con una inmensa sonrisa—. Bueno, ¿ya tienes pensado lo que vamos a realizar durante el resto de días que nos quedan en este lugar?

— ¿Qué? —Pregunté bastante desconcertada, pero rápidamente caí en la cuenta de que la noche anterior le había dicho que necesitaría todos los días. Me había centrado tanto en preparar el día que olvidé por completo que no tenía que preparar solo un día sino todos ellos—.

Sí, claro, ¡es pan comido! —exclamé intentando dibujar una inmensa sonrisa solo para fingir que en realidad estaba atacada de los nervios.

—Me muero de curiosidad por ver lo que se te ha ocurrido —Gustavo lo dijo realmente esperanzado y con esa sonrisa que tanto me gusta y que tan gilipollas me termina dejando. ¿Sabría él los efectos que me produce esa forma que tiene de sonreírme?

Durante un buen rato ambos nos mantuvimos en silencio, era bastante inquietante verle mirándome sin quitarme los ojos de encima. De todos modos y aunque la presión era devastadora intenté concertarme tenía mucho trabajo por hacer, algo se me debía de ocurrir.

—Y bien, ¿qué vamos a hacer? ¿No piensas decirme nada? —preguntó volviendo a sonreír de ese modo que me desarmaba. Ahí creí al noventa por ciento que Gustavo sí se había dado de la reacción que me producía.

—No —comenté taxativamente en un intento absurdo por seguir sacando tiempo de donde ya no lo había.

—¡*Jooo*! —exclamó como si del berrinche de un niño

pequeño se tratase— Quiero saber dónde me vas a llevar —Agrego y después puso su boca simulando un tierno puchero.

—No iremos a ninguna parte —Dije sin pensar y mientra lo decía me daba cuenta del inmenso error que estaba cometiendo pues eso reducía muchísimo las posibilidades.

— ¡*Jooo*! Que mala, venga dime algo de lo que realizaremos —seguía poniéndome cara de niño bueno.

—No te lo voy a decir, es una sorpresa —Respondí sin saber muy bien porqué.

—Venga dime algo que tengo muchísima curiosidad. —Suplicó y yo cada vez tenía menos fuerza de voluntad para mentirle.

—No —Aunque me quedaba un poco para seguir negándome rotundamente a sus súplicas, intentando aguantar como podía.

—Venga, al menos dime ¿por qué no vamos a salir del edificio? —quiso saber realmente intrigado, sin duda no se había dado cuenta de que lo que ocurría es que no tenía idea de lo que podíamos hacer.

—No quisiera toparme en la calle con los que me están buscando, no me siento segura y prefiero esconderme unos días. —Confesé francamente pues de todo lo que tenía en mente era la única verdad.

—Lo siento —escuché que decía de forma un poco triste.

— ¿Por qué? —pregunté sin entender ese repentino cambio de humor.

—Es que no lo tuve en cuenta y ayer te saqué a la calle sin ni siquiera pensar si te apetecería o no. —Tristemente y con gesto apesadumbrado se levantó de mi lado y se apoyó en el alféizar de la ventana. —Debí de pensarlo o al menos, haberte preguntado.

Tras sus palabras me quedé sin habla. No tenía ni idea de cómo responder tras una carga emocional tan grande, además tenía bastante miedo de terminar metiendo la pata y provocando que aun se sintiese peor.

Sin saber bien lo que hacía me levanté y fui junto a él para intentar consolarlo. Con mi mano derecha acaricié ligeramente su mejilla y con mi brazo izquierdo terminé

rodeando su cintura. Segundos después sin saber bien cómo ni por qué estaba besándolo apasionadamente, o al menos lo más apasionadamente de lo que a meritaba la situación.

Él suavemente posó sus manos sobre mis caderas, me levantó y me sentó en el alfeizar, justo donde minutos antes había estado él sentado para acabar colocándose entre mis piernas.

La sucesión de besos y caricias se estuvo prolongando durante largo tiempo. Algo que crecía en su entre pierna terminó haciendo sonar mi alarma y desperté de ese dulce letargo.

—Debemos preparar una lista de alimentos e ir a comprarlos para de ese modo no tener que exponernos demasiado —Dije sonriente pero apartándolo poco a poco de mí, cortándole el rollo completamente de un modo bastante abrupto.

—Sí, deberíamos pero dentro de un rato —Comentó con voz melosa, al tiempo que me continuaba colmando a besos.

—No; más tarde no. Ha de ser ahora, recuerda que estos días son míos y los organizo yo así que solamente yo

sé cuándo es el momento, además aun no habrá mucha gente en las calles —dije cansinamente.

—*Buenooo* —Dijo el arrastrando las palabras y sin muchas ganas. —. Vamos a comprar.

—No, vamos no. Vas. Como comprenderás si vas tú solo será más complicado que nos terminen relacionando y por consiguiente que nos encuentren, o mejor dicho, que me encuentren. A ti no te ha visto nadie, ni tampoco te ha secuestrado, así que supongo que de ese modo será un poco más complicado que nos puedan terminar relacionando.

—Cierto, tienes razón. No había tenido en cuenta ese punto de vista —Dijo entristeciéndose una vez más—. Soy un desastre. Menos mal que tú lo estás organizando todo muy bien. Si llego a ser yo seguramente vuelvo a meter la pata como ocurrió ayer.

— ¡Enserio! ¿crees que hasta ahora lo que he organizado está muy bien pensado? —Exclamé totalmente incrédula, ya que hasta el momento más que organizar lo único que había estado haciendo era intentar ganar el mayor tiempo posible y buscar el modo de quedarme a ratos sola para poder pensar y de ese modo crear un buen

plan.

—Pues claro preciosa, si no lo creyera no lo habría dicho. —Comentó devolviendo a su rostro esa sonrisa que tanto me gusta.

Sin saber por qué lo hacía, al ver de vuelta esa sonrisa dibujada en su rostro, me aproximé nuevamente a él abrazándolo e incapaz de resistirme a sus preciosos ojos lo volví a besar apasionadamente.

Él respondió instantáneamente y cobijó mi cuerpo entre sus brazos. Gustavo, sin dejar que el beso se terminase convirtiendo en una nueva sucesión de besos y caricias, me dio un pequeño beso en la frente y se aparto de mí.

—Bueno antes de que sea incapaz de separarme de ti será mejor que me marche a realizar la compra.

—*Valeee* —dije arrastrando las palabras muy apesadumbrada—. Antes de que te marches necesito que le eches un vistazo a la lista por si te apetece algo que no esté apuntado.

Con la lista de la compra en la mano y un bolígrafo en la otra, se sentó en la mesa a revisarla. Después de unos minutos, los cuales yo aproveché para mirarlo e intentar relajarme, él se levantó y con una sonrisa sin ni siquiera darme un dulce beso, se marchó de la habitación.

Cuando cerró la puerta, estaba asombrada porque momentos antes pensé que ya no tenía más formas de ganar tiempo, me dejé caer sobre el sofá e intenté relajarme.

Me sentía bastante nerviosa y no tenía ni idea cual podría ser mi siguiente paso.

<<Bueno Abril lo primero que tienes que hacer es intentar relajarte un poco>> me ordené con la mirada perdida en el precioso horizonte del paisaje que podía apreciar desde mi ventana. Haciendo el mayor acopio de fuerzas que pude busqué más papel, me senté a la mesa e intenté trazar un plan estupendo.

Muy a mi pesar tras más de cuarenta minutos pensando, no se me ocurrió nada. Decidí olvidarme de trazar el plan y decidí que como hasta el momento me había ido muy bien improvisando eso era lo que iba a seguir haciendo.

No pensaba reconocer que él tenía razón y yo estaba equivocada, pero además si conseguía que todos esos días improvisando paso tras paso saliesen bien entonces ya estaría cumplido el objetivo.

Pero claro, improvisar constantemente formas de ganar tiempo, es algo demasiado complicado, por lo que decidí aprovechar los minutos que me quedasen para pensar en cosas efectivas en las que poder apoyarme en aquellos momentos de bloqueo y así de ese modo ser capaz de cumplir con mi objetivo.

Sin perder ni un segundo más. Realicé una lista de posibles películas que podíamos ver para las cuales el tendría que irse hasta el videoclub y volver, con lo cual de ese modo tenía otras nuevas oportunidades con las que gano, de manera rápida y fácil, bastante tiempo.

Busqué por la habitación qué cosas había por si podía aprovechar algo para realizar alguna actividad más y de ese modo ocupar horas. Busqué en los muebles de la cocina en los cuales únicamente había utensilios básicos. En el armario del dormitorio solamente encontré nuestra ropa muy bien colocada en las perchas.

Supongo que fue Gustavo el que se encargó de colocarla ya que yo no fui. En el fondo del armario las maletas y en el altillo más sabanas y edredones.

Desesperada porque no encontraba nada que me resultase útil corrí para rebuscar en los muebles del baño, en los cuales tampoco encontré nada interesante. Frustrada y cabreada por no poder encontrar nada que me ayudase regresé a la sala y me deje caer sobre el sofá.

<<¡Mierda!>> grité a la nada a causa de la frustración y por un fuerte golpe que me pegué contra el bajo del sofá.

Al agacharme para ver si me había hecho algo me percaté de que el bajo del sofá no solo es un bajo de sofá sino que también es un cajón el cual se abre presionando.

Al abrirlo encontré dentro varios juegos de mesa, pero uno en especial llamó mi atención: era diferente, parecía entretenido y yo jamás lo había visto.

# 18

## Juego Erótico.

El juego en cuestión se llamaba <<Recién casados>> y parecía muy entretenido. Cerré el cajón y me lleve ese juego a la mesa poco a poco fui sacando cada parte del juego de su interior. En primer lugar saque el tablero y lo coloqué sobre la mesa, después las reglas las cuales leí muy concienzudamente, al terminar coloque los comodines en su lugar correspondiente, las cartas sorpresa, cartas acción y las cartas activas en su espacio del tablero.

Por último saque de la caja un montón de cartas sueltas que según pone en las instrucciones son las cartas de inicio de la pareja. En el momento que estaba

barajando las cartas llegó Gustavo.

—¿Que haces preciosa? Pero ¿Que es eso?, ¿Cómo lo has conseguido? ¿Que...

—Vale, vale para un poco si no dejas de soltar preguntas como quieres que pueda responder alguna— Comenté un poco agobiada

—Lo siento yo...

—A ver, esto es un juego de mesa, lo he encontrado en un cajón del sofá y seguro que lo pasaremos muy bien. — Dije sonriendo y dándole un beso sobre esos deliciosos labios que me vuelven loca.

—Vale, es tu plan pero... —Se quedó callado y un poco dubitativo, no siguió la frase, cortó de inmediato lo que iba a decir.

— ¿Pero qué? —Pregunté sin ser capaz de seguir soportando aquella pausa que me estaba desesperando.

—Pero a mí no me parece que un juego de mesa pueda ser lo suficiente divertido como para ser un buen plan. — contestó dejando mostrar una sonrisa de <<¿ves? yo tengo la razón.>> Y juro que me dieron ganas de borrarle esa sonrisa de un sopetón. Menos mal –para él– que no era

alguien violenta, que sino…

—Sí que lo es, dale una oportunidad seguro que te va a encantar y vas a querer que juguemos una y otra vez. —Dije sin saber bien lo que decía ya que jamás había jugado a ese juego.

—Ah, ¿sí? y cómo lo sabes, ¿has jugado mucho a este juego? —Exclamó muy interesado.

—No he jugado en la vida, pero he leído las instrucciones y me ha parecido muy pero que muy apropiado para el plan de estos días. —Dije dejando entrever una sonrisa guasona.

—De acuerdo, entonces vamos a jugar—Comentó casi de manera condescendiente, cediendo el control de la situación y dejándose llevar de nuevo por mí, mientras ocupaba una silla—. ¿Cómo se juega?

—Primero hay que barajar el mazo grande y una vez listo, sin que ninguno de los dos veamos las cartas escoges siete del mazo colocándolas delante de ti sin mirarlas. Barajas de nuevo y llega mi momento de escoger mis siete cartas. Después tenemos que tirar los dados y al sumar los puntos quien saque la puntuación más alta mueve primero tantas veces como indique la suma de los números

Ambos tiramos los dados pero él fue el que obtuvo la mejor puntuación por lo que le toco mover ficha. Cayó en la casilla carta Activa.

—Vale, estoy en la casilla activa y ahora ¿qué tengo que hacer?

—Ahora tienes que coger un sobre del montón que contiene el mismo nombre que la casilla.

Él hizo caso y cogió uno de los sobres. En él ponía <<Desnuda a tu pareja y realízale un masaje durante cuarenta y cinco minutos. Sin que se vista continuad la siguiente acción>>

Mientras el leía su correspondiente sobre, ella lanzó sus dados para ver qué le tocaba. Nuevamente cayó en una casilla de carta activa que decía <<ha llegado el momento de un descanso, ve una película romántica con tu pareja>>

—Bien, ya tengo mi carta ahora ¿qué tengo que hacer? —Preguntó muy interesado.

—Bueno pues ahora que ambos tenemos nuestra carta y ya hemos leído las acciones a realizar, tenemos que ponerlas en práctica empezando por ti ya que tu

puntuación fue la más alta y después tenemos que cumplir las acciones de la mía. —Comenté aclarando su duda.

—De acuerdo, pues vamos al dormitorio porque te tengo que desnudar enterita y darte un masaje de cuarenta y cinco minutos. —Dijo entre excitado y deseoso.

Caminamos hasta la habitación y me desnudó tal como indicaba la carta, nada de besos ni tocamientos surgió durante los cuarenta y cinco minutos que duró el masaje, aunque noté cómo crecía su entrepierna y poco a poco se iba endureciendo. Pasado ese tiempo, comenzamos a volver a hablar:

—Tiempo finalizado, ¿qué toca ahora?

—Pues tal como estamos en estos momentos tenemos que ver una película romántica —Dije a sabiendas de que tenía que mantenerme desnuda hasta que otra carta dijese lo contrario—. ¿Crees poder soportarlo? ¿Te sigue pareciendo tan aburrido el plan?

—Prometo cumplir las pautas de este excitante juego y cumplir todas y cada una de ellas aunque me muera de deseo —Comentó mordiéndose ligeramente el labio inferior —El plan no es aburrido, está siendo perfecto —Agregó sin poder dejar de recorrer mi cuerpo desnudo con

su mirada.

Pusimos la película y la vimos por completo abrazados en el sofá. Al terminar nos dirigimos muy entusiasmados a la mesa para ver qué carta nos tocaba.

Nuevamente tiro Gustavo primero los dados y despúes los tiré yo. Volvió a obtener la puntuación más elevada por lo que movió ficha y le tocó carta sorpresa. <<En los juegos no siempre gusta todo así que guarda este comodín para canjear en aquellos momentos que no quieras realizar algo, válido para una única acción>>

Yo volví a caer en una carta de acción que decía <<la higiene personal es un aparte muy importante en cualquier pareja. Date un baño o una ducha depende lo que tengas en casa con tu pareja. Lavaos mutuamente aplicando lentamente el jabón por todo el cuerpo>>

—Esto se está tornando cada vez más interesante y encima tengo un comodín para ayudarme cuando más falta me haga. —Dijo poniendo una sonrisa a la vez que se desnudaba.

—Bueno, ahora no soy yo la única que va a tener que jugar desnuda ahora me acompañaras tú —Dije intentando que no se notase demasiado que verlo desnudo por

primera vez me estaba resultando de lo más excitante.

—Cierto, pero te recuerdo que tengo un comodín así que si quiero yo puedo quedarme vestido —Dijo en un tono muy provocativo que le hacía estar aun más sexy.

—Sí, podrías, ¿pero vas a gastar un comodín tan fácilmente con lo difícil que es obtenerlos? —pregunté intentando disuadirlo para que no lo usase ya que me estaba gustando mucho poder apreciar su cuerpo desnudo. Cuanto más lo miraba más ganas me entraban de acariciar sus músculos bien definidos, de que me rodease entre sus brazos y me besase como si no existiese un mañana.

La erección entre sus piernas era prominente y daba la impresión de estar a punto de estallar.

—Bueno, nos damos ese baño —terció dándome la mano y dibujando esa sonrisa que me pierde.

—Claro, vamos, que el juego sigue —Dije cogiendo su mano y tirando de él entre risas.

Al entrar en el baño él bajó la tapa del inodoro y sacó unas toallas del mueble para tenerlas listas al salir. Yo impaciente y deseosa de acariciar todo su cuerpo entré en la ducha.

Mientras lo miraba con deseo jugueteaba con mi pelo. Él me miraba con la misma intensidad y el mismo deseo. El juego de la seducción poco a poco se tornaba más y más intensa.

La tentación era evidente y me estaba costando muchísimo resistir para realizar las pautas de este juego. Por otro lado él parecía conseguir controlarse muy pero que muy bien.

# 19

# Ducha para dos.

Él entró en la ducha y empezó a calentar un poco de gel con ligeros movimientos en sus manos. En el momento que creyó oportuno empezó a aplicarlo por mi espalda, siguió bajando a mi trasero bajo por las piernas y subió poco a poco aplicándolo por la parte delantera de las piernas, el estomago y por ultimo los pechos haciendo bastante hincapié en esa zona y esmerándose especialmente en esa área.

Yo sentía como un cosquilleo recorría todo mi cuerpo y los pezones se iban endureciendo. Llegó mi momento de enjabonarlo, fui poco a poco extendiendo el gel tal como momentos antes había echo Gustavo.

Estaba algo tensa por el deseo que poco a poco se incrementaba en mi interior pero me mantuve firme e intenté disfrutar de aquella cercanía. Al terminar abrí el grifo de la ducha y empezamos a retirarnos el jabón el uno al otro. No podía evitarlo, pero de vez en cuando se me escapaban miradas a su prominente erección.

Él consciente de ello dibujaba una pícara sonrisa a la par que acariciaba cada rincón de mi cuerpo, sus dedos se movían con precisión haciendo que mi excitación aumentase por segundos.

Esa mirada, esa sonrisa y su forma de tocarme me estaban creando un intenso placer. Sentía como poco a poco mi voluntad iba decayendo. Él se dio cuenta y colocando uno de sus dedos sobre mis labios dijo;

—*Chiiiis*, seguimos jugando —Dijo consciente de que de ese modo me estaba provocando aun más.


Sin dejar que el deseo decayese y intentando que ahora fuese él el que experimentase ese profundo deseo que me estaba quemando por dentro me acerqué hasta la altura de su oído y agregué:

—No lo he olvidado —dibujé una picara sonrisa—, por eso es que aún sigo jugando.

Él ahora un poco confuso porque en un principio percibió que mis fuerzas flaqueaban, pero ahora yo le estaba dando a entender que todo lo ocurrido con anterioridad tan solo había sido un juego.

Posó sus manos sobre mis caderas apretando ligeramente. En sus ojos se reflejaba lo difícil que le estaba resultando aguantar tal nivel de excitación. Mientras tanto el agua seguía corriendo por nuestros cuerpos. Acerqué mi boca a pocos centímetros de la suya, él luchaba contra su deseo para evitar besarme con toda la pasión que en su interior estaba acumulando.

—Ya no nos queda jabón es  el momento de secarnos —hablé con sensualidad, sin ni siquiera rozar sus labios salí de la ducha y agarré una toalla.

—Sí, pero tú me tienes que secar a mí y yo te tengo que secar a ti. —Dijo apretando mis caderas al mismo tiempo que aproximaba nuestros cuerpos.  El abrazo duró nada más que unos segundos pero resistir el deseo cuando sentía palpitar su erección contra mi cuerpo resultaba una

tarea altamente complicada.

Con la toalla que tenía entre mis manos empecé a secar delicadamente sus pectorales, seguí por sus brazos, continué bajando por la entrepierna y en ese momento se le escapó un gemido de placer el cual a mí también me excitó.

Sin dejarme terminar de secar su cuerpo alargó el brazo y agarró la otra toalla. Con suavidad empezó a pasarla por mi rostro, cuello, brazos, un suspiro se le escapó al aproximarse a mis pechos.

Esta situación estaba siendo francamente compleja, altamente excitante y muy pero que muy complicada de resistir. Pero él no paró ahí, sino que siguió hasta el centro de mi deseo y a duras penas conseguí aguantar un gemido que luchaba por salir.

—Bueno ya estamos bien secos, ahora es el momento de volver a tirar los dados —escuché decir a Gustavo intentando soportar y controlar el rumbo de la situación.

—Claro, vamos —fue todo lo que fui capaz de pronunciar.

En la nueva tirada mi puntuación fue la mas alta y me llevó hasta una carta sorpresa que decía; <<selecciona tres cartas acción, sumalas a tu mazo y decide si deseas utilizar alguna de ellas o algunas no es necesario usar solo una, en esta ocasión puedes usar más>> mientras seleccionaba las cartas y las incorporaba al mazo.

Gustavo tiró los dados y volvió a caer en la casilla activa. <<Seras esclavo/a de tu pareja para lo que mas desee durante dos horas>>

—Tienes suerte ya has podido ver tu mazo, yo aún no lo puedo levantar —dijo sin levantar los ojos de la carta que le acabada de tocar—. Además hasta el momento todas las cartas de acción que me tocan van más a tu favor que al mío.

—Bueno pero creo que hasta el momento aunque estén más a mi favor las has estado disfrutando… ¿no es así? —pregunté con la voz cargada de sensualidad.

—Eso sí, las he disfrutado muchísimo. De hecho este juego me está encantando, ojalá hubiésemos jugado desde el primer día.

Durante unos minutos se hizo el silencio ya que aún no tenía decidido qué carta quería utilizar y cual no. Deseaba que la combinación fuese perfecta pero no tenía totalmente claro si sería mejor de un modo u otro.

—Bueno, ¿vas a utilizar alguna o pasamos a utilizar la mía? —comentó impaciente.

—Sí, es que he estado pensando qué combinación es la que más me gusta.

— ¿Y bien? —volvió a preguntar.

—Voy a utilizar ambas tiradas al mismo tiempo —Comenté con la voz y la mirada cargadas de sensualidad.

—Abril por favor desvélalo ya, me estás matando de deseo y desesperación —Pidió suplicando. No me gustó verlo tan abatido, se notaba que estaba sufriendo para seguir aguantando todo el deseo que sentía. Su respiración entrecortada era otro síntoma que lo delataba.

—Vale, quiero utilizar cuatro cartas en el siguiente orden: primero quiero esta para que me beses por todo el cuerpo y me comas las tetas con la intensidad y la pasión que guardas en tu interior durante quince minutos, después esta otra para que me subas en la encimera de la cocina y

me penetres suavemente sin dejar de comerme los pechos pero en esta ocasión aumentando la intensidad en los pezones quiero que los chupes, succiones y que, para finalizar, durante un buen rato los muerdas ligeramente. Pero aguanta y no te corras porque después sin soltarme quiero que me lleves a la cama y una vez ahí me penetres cada vez con mayor intensidad y que llegues al orgasmo con fuertes embestidas.

Una hermosa sonrisa se dibujo en el rostro de Gustavo. Se notaba que lo estaba deseando tanto como yo.

—Vale, pero... ¿y la cuarta carta? —Dijo completamente intrigado

—La cuarta es muy sencilla: quiero que durmamos totalmente desnudos durante toda la noche y que por la mañana lo volvamos a hacer hasta que ambos logremos un maravilloso orgasmo. —hablé pausadamente al mismo tiempo que degustaba cada una de sus caras de deseo y suspiros al escuchar mis palabras.

Excitado y bastante nervioso me rodeó con mucha

delicadeza entre sus brazos. Poco a poco empezó a inundar mi cuerpo con mil besos, aunque al final esos quince minutos terminaron siendo treinta.

Él estaba realizando un esfuerzo sobrehumano para intentar darme un intenso placer. Cuando notó que yo también estaba tan excitada como él prosiguió con los siguientes pasos.

Ambos experimentamos un placer tan intenso que al terminar con ese ansiado orgasmo nos abrazamos y al poco tiempo estábamos profundamente dormidos. Al despertar Gustavo me estaba observando con una inmensa sonrisa.

Olvidando la premisa del día anterior lo abracé e inundé a besos. Él gustosamente se dejó hacer. Poco a poco la erección entre sus piernas iba en aumento. Pero a pesar de la tentación él se contenía y me miraba con mucha ternura.

—¿Olvidas la premisa que me diste ayer? —Preguntó el con la voz cargada de pasión.

—¿Qué premisa?

—Sí, la de esta carta —Comentó con una sonrisa

adorable al mismo tiempo que alargaba el brazo para coger la carta que se encontraba sobre la mesita de noche.

—¡Oh! Esa carta —Dije cayendo al fin—… Bueno pues que siga el juego.

—Que siga el juego.

# 20

## Nuevo Destino Turre.

De madrugada antes de que llegase la recepcionista a trabajar recogimos todas nuestras cosas, depositamos las llaves de la habitación en el buzón, por último dejemos a la recepcionista una nota indicándole dónde encontraría las llaves.

Más enamorados que nunca y con cara de tontos nos fuimos a la estación de autobús, una vez ahí decidimos que nuestro próximo destino sería Turre, otro pueblo de la provincia de Almería.

—¡Qué bonito es el amor! —Exclamó una dulce ancianita cuando nos vio pasar por su lado.—¿Ustedes son una pareja de recién casados, verdad? —Preguntó la señora demostrando ser la típica anciana cotilla.

—Sí, señora —Dijo Gustavo escuetamente, sin querer darle demasiada información, pero con una sonrisa encantadora al mismo tiempo que depositaba un dulce beso en mis labios.

—Pero ¿por qué no llevan alianzas? —Volvió a inmiscuirse la señora al darse cuenta de que nuestros dedos no portaban anillo alguno.

—No teníamos dinero para eso, así que en la iglesia para simbolizar ese momento improvisamos unos anillos con el papel de aluminio de los bocadillos. Pero nos parecía un poco ridículo andar por la calle con un aro de papel de aluminio así que los tiramos. —le explicó Gustavo complaciendo las preguntas de la señora. Por mi parte preferí mantenerme al margen de esa conversación y al mismo tiempo estaba sumamente intrigada por conocer qué rumbo seguiría tomando la historia.

—¡*Ooooh*! ¡Pero qué historia tan bonita! —Exclamó la señora con lágrimas en los ojos— Mi difunto marido y yo también éramos muy pobres cuando nos casamos y con una cuerda fina de esparto improvisamos nuestros anillos. Pero nosotros no los tiramos, sino que los guardamos en una caja de cristal.

—¡Vaya, cariño!, teníamos que haberlos guardado nosotros también —Dijo él mirándome con sonrisa guasona, siguiéndole el juego a la señora.

—Pues si, igual debimos guardarlos de recuerdo. — Dije intentando aguantar las ganas de reír y deposité un beso en sus labios.

—Bueno, chicos, hoy en día tenéis muchas cosas con las que poder crear hermosos recuerdos, en mis tiempos cualquier cosa era inalcanzable, pero ahora podéis hacer millones de fotos y vídeos sin tener que invertir ni un centavo. —comentó la señora volviendo a sumergirse en sus recuerdos.

—Eso sí, hoy en día es más fácil capturar los momentos para después tenerlos y poder recordar esos hermosos días cada vez que queramos. —conforme Gustavo hablaba iba acariciando mi rostro. No pude evitarlo y aunque todo era una gran mentira, me emocioné y lo abracé.

—¿Entonces ahora estáis realizando vuestro viaje de novios? —Volvió a interesarse la señora.

—Sí, estamos pasando unos días aquí y allá. Vamos a las estaciones de bus, sin rumbo fijo, nos vamos subiendo

en bus y visitando cada lugar durante unos días. —En está ocasión mentí yo sin saber bien por qué. Pero con una inmensa necesidad de aportar mi gratino de arena a la historia.

—¡Oh, pero qué bonito! —Volvió a exclamar emocionada la señora. — Seguramente a lo largo de vuestra vida realizaréis muchos viajes, pero estoy segura que a pesar de ser este en el que podéis emplear menos dinero será el que más disfrutaréis.

Ninguno dijo nada únicamente nos limitamos a dedicarle una sonrisa a la señora. El conductor de nuestro autobús llegó y con eso quedó la conversación zanjada. Ambos nos despedimos de la señora y subimos al bus.

Mientras que ella tenía que seguir esperando la llegada de su bus. Por la ventanilla del autocar pude apreciar cómo la señora se acercaba a otra pareja joven dispuesta a entrar en una nueva conversación.

—Me siento bastante mal por haberle mentido a esa señora —Le susurré a Gustavo.

—Bueno. no tiene porqué ser una mentira —Hizo una

larga pausa y mirándome a los ojos sin dejar de sonreír soltó la bomba—. Cásate conmigo cuando lleguemos al próximo pueblo.

—¿*Quéééééé*? —Grité a causa del impacto. Hecho que atrajo las miradas del resto de pasajeros.

—Bonita forma de pasar desapercibidos —Susurró él en mi oído sin poder dejar de reír.


Sin poder evitarlo me sonrojé y me sentí bastante incómoda. No estaba acostumbrada a ser el centro de atención. Me senté en mi lugar intentando volver a pasar desapercibida, por suerte a ninguno de los pasajeros les interesaba el motivo de mi grito. Por lo que en poco tiempo cada uno volvió a estar inmerso en sus cosas.

No tengo ni idea cuanto tiempo me quedé en estado de *shock*, pero debió de ser bastante tiempo porque el pobre Gustavo tenía mala cara y se le veía bastante nervioso.

—No vas a responder nunca mi pregunta, lo siento, igual yo…

—No sigas hablando —solté cortando su estado de estrés y sin que él se lo esperase le di un beso—. Claro

que me casaré contigo solo es que me ha costado un poquito procesarlo.

—Pero si te ha costado i... —Nuevamente volví a cortarlo para que no volviese a entrar en ese círculo de nerviosismo. No iba a llegar a ningún sitio pensando tanto.

Él estaba bastante tenso por la tardanza de mi respuesta pero ya estaba un poco más tranquilo, sonreía y me abrazaba. Se le veía tan feliz...

Poco a poco el cansancio empezaba a hacer mella en mí y sin querer empecé a quedarme dormida. Durante todo el trayecto permanecí entre los brazos de Morfeo mientras que él velaba mis sueños acunándome y protegiéndome con su cuerpo.

Para ser sincera dormí muy bien a pesar de que el bus es un lugar bastante incómodo para descansar. Aunque él parecía bastante cansado y las ojeas ocupaban gran parte de su rostro.

— ¿Estás bien?

—Si no te preocupes, tan sólo estoy un poco cansado. —Dijo pesarosamente. —Los asientos de los autobuses

son francamente incómodos. Ya descansaré cuando tengamos un nuevo alojamiento.

—De acuerdo — Dije sin sentir que las palabras saliesen de mi boca—. Necesito ir al servicio antes de que nos marchemos de la estación.

—Vale, te esperaré en la cafetería hasta que termines ¿Quieres que te pida algo?

—Sí por favor, un bombón con hielo y media tostada de mantequilla, jamón de york y queso.

—Marchando —Dijo él dibujando una preciosa sonrisa—. Anda tira, en la cafetería te espero.


Con la sonrisa más estúpida de mi vida me marche al baño, todo era como flotar entre las nubes, un maravilloso sueño que después de todas las desventuras vidas en los últimos años parecía tan irreal.

La sensación de que pronto despertaría de este sueño me atormentaba y ensombrecía esta maravillosa experiencia. Aun así guardaba estos sentimientos en mi interior e intentaba fingir que no me pasaba nada. Por momentos lograba olvidar y disfrutar cada uno de los pequeños detalles de todo lo que estaba viviendo, pero el escapar constantemente no ayudaba

mucho a olvidar todas las desventuras.

Sumida en mis pensamientos perdí un poco la noción del tiempo y cuando me percaté de ello salí lo más rápido que fui capaz de aquel baño. Al atravesar la puerta del aseo una desagradable sensación recorrió todo mi cuerpo, la gente deambulaba de un lado para otro con prisas. De pronto un golpe en mi espalda me hizo perder un poco el equilibrio.

El miedo volvió a invadirme, sentí un nudo en la garganta y presa del pánico, con el rostro desencajado seguí mi camino a la cafetería lo más rápido que pude. Cuando Gustavo me vio con el rostro desencajado se asustó muchísimo y de un salto se levantó de la silla y corrió a mi encuentro.

—Mi amor, ¿estás bien? —Preguntó atropelladamente.

—Sí, tranquilo no te preocupes tan solo ha sido un pequeño ataque de pánico postraumático —le expliqué intentando restar importancia a lo sucedido.

—He pedido los cafés y la tostada para llevar — dijo intentando quitar importancia también a todo el asunto — Ayúdame a cogerlos y nos vamos junto al autobús te hará bien un poco de aire fresco.

Le hice caso y le ayudé a llevar una de las bolsas que había sobre la mesa. Al llegar al lugar en el que nos esperaba el autobús vi que éramos los primeros en acudir, con la mirada recorrí la estación en busca del reloj y mi sorpresa fue mayúscula al apreciar que tan solo habían pasado tres minutos de los quince que teníamos de tiempo.

Ambos nos sentemos en el suelo y nos pusimos a comer. El café me estaba sabiendo a gloria y la tostada estaba resultando ser un delicioso manjar. Gustavo por su parte parecía muy concentrado en mirarme.

Su cara de preocupación me resultaba tan tierna. Aun así no dije nada, las palabras se me atragantaban en la garganta por lo que únicamente me limité a comer. Cuando el terminó me rodeó tiernamente con sus brazos, deje de comer por unos instantes y deposité un beso sobre sus labios.

—Te quiero —dije sin terminar de despegar del todo mis labios de los suyos.

—Yo también te quiero —agregó él devolviéndome el beso con mayor intensidad.

Todo apuntaba a que la sucesión de besos poco a poco se iría sucediendo cada vez más intensamente y así hubiera sido si no hubiesen empezado a salir por la puerta más pasajeros. Terminé de comer y cuando a lo lejos vimos que se acercaba el conductor nos levantamos del suelo.

—No se puede comer en el autobús —comentó el señor muy desagradablemente.

—No se preocupe señor, ya hemos terminado e íbamos ahora mismo a tirar las bolsas. —Dicho esto Gustavo me agarró de la mano y juntos fuimos a la papelera más cercana para tirarlo todo.

# 21

## Al fin en nuestro destino.

Después de varias horas al fin habíamos llegado a Turre, nuestro nuevo destino. El lugar era un remoto pueblo alejado, rodeado por grandes campos de terreno, con calles pequeñas y un estilo muy rural típico de los pueblos almerienses.

En ese lugar no se respiraba el mismo aire de estrés que en el resto de lugares de la provincia los cuales ya habíamos ido visitando durante nuestra huida. Para mi sorpresa cuando el conductor dijo que ya estábamos en aquel pueblo, pude apreciar que en aquella ocasión el lugar no disponía de estación y tan solo nos dejaba el autobús en una parada normal y corriente.

Durante largo rato deambulamos en busca de algún hotel o pensión por la zona pero fuimos incapaces de encontrar nada. Por lo que retrocedimos sobre nuestros pasos para ir a un bar el cual durante nuestra búsqueda habíamos dejado atrás.

El lugar era pequeño y sombrío, apenas había gente, tan solo dos borrachos en una esquina de la barra, un señor que leía el periódico junto a la ventana y nosotros. Sin estar muy convencidos del lugar nos sentamos en una mesa y comenzamos a ojear la tabla de comidas que se encontraba sobre la mesa.

- Calamares en su tinta con guarnición de patatas
- Calamares a la romana con guarnición de patatas
- Pulpo seco con guarnición de patatas
- Bonito
- Cazuelita de jibia en salsa
- Costilla de cerdo con guarnición de patatas
- Cazuelita de caracoles picantes
- Rollo de carne con guarnición de patatas
- Marchoso
- Lomo con patatas
- Carne con tomate
- Patatas bravas

Al terminar de leer tuvimos que esperar un rato hasta que alguien vino a atendernos. Francamente parecía como que a los trabajadores de aquel lugar no les importase mucho el atender a la clientela para que nuevamente volviesen.

Una señora con cara de pocos amigos se dirigió pesarosa en nuestra dirección con un bolígrafo y un bloc de notas entre sus manos. A pesar de que el bar no era grande, la señora tardó muchísimo en llegar hasta nuestra posición.

—Qué desean los señores — dijo pesadamente y con bastante desgana.

— A mí tráigame una tapa de lomo con patatas y de beber un mosto —dijo Gustavo

—Y usted, señorita, ¿no va a querer nada? —quiso saberla camarera arrastrando las palabras.

—Yo quiero una de caracoles con mosto.

Después de terminar de tomar nota de nuestros pedidos la señora volvió a dirigirse pesarosamente tras la barra arranco la hoja de su cuaderno y la clavó en un

ganchito el cual automáticamente entro a la cocina.

En poco tiempo por un ventanuco que había junto a la pared de la cocina depositaron una bandeja con nuestro pedido. La camarera que se había sentado tras la barra y se estaba limando las uñas con mucho desgano dejó la lima sobre la barra y fue a por la bandeja.

Nuevamente con una lentitud que ya comenzaba a ser desesperante, se aproximó a nuestra mesa y fue dejando nuestro pedido.

—Buen provecho, señores —dijo antes de retirarse nuevamente.


En cuanto se dio la vuelta nosotros nos dispusimos a devorar las tapas que teníamos ante nosotros, el servicio la verdad dejaba bastante que desear pero las tapas estaban deliciosas.

Después de esas dos tapas  acabamos comiendo seis tapas más. Siempre probando cosas diferentes del menú y compartiendo entre nosotros las tapas para de ese modo degustar un poco de todo el menú.

Completamente saciados y habiendo tenido una interesante conversación pedimos a la camarera que nos trajese la cuenta. Tras depositar el dinero sobre la cuenta le preguntamos por algún lugar para dormir.

—En este pueblo no tenemos ningún lugar en el que los señores se puedan hospedar — dijo la señora volviendo a arrastrar las palabras.

—Si ustedes quieren se pueden hospedar esta noche en la iglesia —Comentó el señor que se ocultaba tras el periódico, resultó ser el párroco del lugar—. No les costará nada en términos monetarios pero sí agradecería mucho que antes de irse dejasen la habitación tan ordenada como la encuentren al llegar.

—Muchísimas gracias por el ofrecimiento, le aceptamos con mucho gusto— Comentó Gustavo bastante entusiasmado.

Durante todo el camino junto al cura tuvimos una entretenida conversación sobre diversos temas. Al llegar al lugar pudimos apreciar que el recinto era una pequeña

iglesia de antigua construcción. Hecha en piedra y con unos ventanucos bastante pequeños pero abundantes.

—Bueno no es gran cosa pero creo que servirá para que paséis una cómoda noche— Dijo el entregándonos una manta y indicándonos en la habitación que podíamos pasar esa noche.

Antes de marcharse nos indicó que su dormitorio se encontraba enfrente y que si necesitábamos cualquier cosa tan solo fuésemos a comentarle. Al entrar en a la habitación pudimos apreciar que era un cuarto bastante pequeño con una cama para tan solo una persona y en el otro extremo un pequeño sofá raído.

Al entrar y cerrar la puerta pudimos ver que la puerta no tenía cerradura ni cerrojos, depositamos nuestras mochilas sobre el sofá y colocamos una de las mantas en la parte inferior de la cama y otra en la superior tapándonos nosotros. Aunque un poco apretados en esa cama y sin poder movernos en toda la noche logramos dormir plácidamente.

A la mañana siguiente nos despertamos con el sonido de las campanas de la iglesia. Sentía mi cuerpo completamente entumecido pero aun así despertar y ver

frente a mí a Gustavo despertarse hizo que una inmensa alegría invadiese todo mi cuerpo. Ambos nos quedamos mirándonos el uno al otro sin decir nada durante algunos minutos.

—¿Estarías de acuerdo en que le pidiésemos a este amable curra que nos casase? —Pregunté acordándome de la proposición que horas antes me había realizado Gustavo.

—¿En serio? —preguntó el bastante sorprendido por mi repentina pregunta.

—Bueno si no hablabas en serio olvi… —me cortó depositando un apasionado beso el cual me dejó sin aliento.

—Hagámoslo —Dijo con una sonrisa sin poder dejar de besarme una y otra vez.


Muy felices nos dispusimos a buscar el cura para hablar con él. Finalmente después de mucho buscar habíamos logrado ubicarlo en la parte principal de la iglesia. Al vernos se acercó a nosotros un poco serio.

—Bueno, hijos míos, he de informaros que por lo visto

Dios quiere que os quedéis un tiempo en esta su casa porque durante la noche ha habido una fuerte nevada y por ese motivo nadie puede entrar ni salir.

—Entonces es una clara señal para que sea usted quien nos case —comenté alegremente sin dar ningún rodeo.

—Por mí encantado, de todos modos tendréis que quedaros mínimo un par de semanas antes de poder marcharos.


Contentos y agradecidos por tener un lugar en el que seguir pasando las noches, ayudamos al amable cura a ordenar y limpiar toda la iglesia. Ninguno de los dos era muy religioso: Gustavo no creía en esas cosas y yo al haberme criado en el orfanato con monjas la verdad no les tenía mucho aprecio.

Pero era la forma más económica de tener todo en regla sin tener que hacer mucho o pagar todos los papeles pertinentes. Desde ese día hasta el día de nuestra boda estuvimos haciendo con el cura un curso prematrimonial, ayudamos en las tareas de limpieza y acudimos a todas y cada una de las misas.

En el poco tiempo que lográbamos que nos quedase libre paseábamos pro el pueblo mezclándonos entre los ciudadanos del mismo. Todos nos habían acogido muy bien y rápidamente nos habían dejado de tratar como si fuésemos extraños.

Aun así nosotros no sentíamos suficiente confianza para desvelar los motivos reales por los cuales nos encontrábamos en aquel lugar. Motivo por el cual continuamente seguíamos mintiendo y poco a poco la mentira se iba agrandando.

A pocos días de la boda ya era tan grande la mentira que habíamos ido contando que ambos sentíamos un inmenso pesar por estar mintiendo tanto cuando todos eran buenos y generosos con nosotros.

El día de la boda fue el mayor acontecimiento del pueblo, todos acudieron a celebrar con nosotros llevando consigo comida y bebida en abundancia. Nos prepararon entre todos una preciosa fiesta en las inmediaciones de la iglesia, los chicos del coro de la iglesia fueron los que se encargaron de animar la fiesta tocando sus instrumentos y cantando preciosas canciones de diferentes estilos musicales.

Ni en nuestros mejores sueños habríamos podido imaginar una fiesta tan bonita que encima en términos económicos no nos había costado nada. Habían sido pocos los días que pasamos en aquel lugar pero en ese pueblo todos eran como una gran familia.

A pesar de que nosotros éramos tan solo unos visitantes nos acogieron como parte de su familia brindándonos todo lo que tenían entre sus manos, siempre con una gran sonrisa en la cara y un cariño tremendo. Los festejos duraron hasta altas horas de la noche y antes de terminar como todos los vecinos sabían que después de la boda ya nos marcharíamos a nuestro nuevo destino.

Nos regalaron un precioso álbum lleno de fotografías instantáneas que el fotógrafo del pueblo había estado realizando durante todo el transcurso de la ceremonia y la fiesta, además entre las fotografías también habían ido dejando preciosos mensajes.

Este regalo que entre todos habían ido realizando sin que ninguno de nosotros dos supiese nada, me emocionó tremendamente y al mismo tiempo me hizo sentirme terriblemente mal por todo lo que habíamos estado contando para responder todas sus preguntas.

Junto con el álbum también nos entregaron un sobre que contenía bastante dinero recaudado entre todos.

—Lo sentimos pero nosotros no podemos aceptar este dinero ya habéis hecho suficiente por nosotros durante todos estos días, como para que encima gastéis más dinero. —Comentó Gustavo tremendamente apenado.

—Ese dinero lo hemos reunido entre todos y si nos lo rechazáis nos ofenderéis a todos muchísimo, así que por favor aceptadlo y no os olvidéis nunca de nosotros. —Comentó el cura con una gran sonrisa.

—Pero si ya con el precioso álbum que nos habéis realizado y la fiesta que juro ha sido inolvidable es más que suficiente para  no olvidaros jamás aunque nuestro destino final se encuentre muy lejos de aquí. —Comenté tremendamente emocionada y al borde de las lágrimas.

—Aun así nosotros queríamos aportar nuestro granito de arena al matrimonio que se acaba de formar en nuestro pueblo así que tenéis que aceptar el dinero y sed muy felices —comentó un anciano entre estornudos y carraspera.

Nos vimos obligados a aceptar el dinero que entre todos habían juntado a pesar de que no nos sentíamos bien haciéndolo. Mientras nosotros recogíamos nuestras cosas y arreglamos la habitación tal como habíamos acordado en el primer día todos los vecinos del pueblo recogieron los restos de la fiesta.

Cuando salíamos de la iglesia para echar una mano y ponernos a recoger un poco vimos que ya entre todos lo habían dejado completamente limpias las inmediaciones de la iglesia.

Nos despedimos de todos y cada uno de ellos, fue una despedida dulce y amarga al mismo tiempo llena de buenos deseos hacia nosotros como matrimonio y amargura por parte nuestra porque les habíamos mentido tanto a pesar de que era una gente maravillosa.

Sin muchas ganas pero con prisa por no perder el bus nos dirigimos a la parada lo más rápido que fuimos capaces y al llegar vimos que el autobús estaba por partir.

Gustavo corrió lo más rápido que fue capaz pues ya hasta el próximo día no habría más autobuses y por suerte lo logró alcanzar y pudimos subir.

# 22

## Un Viaje Accidentado.

**M**uertos de sueño y con unas ganas tremendas de dormir subimos al autobús, tras pagar el billete nos sentamos en la parte trasera y reclinamos los asientos todo lo que nos fue posible dispuestos a dormir hasta el próximo destino. Pero nuestra nuestro plan se vio saboteado a causa de la cantidad de baches que había por el camino.

Aun así como se trataba de un viaje de distancia larga teníamos la esperanza de que al salir de las inmediaciones del pueblo las carreteras fuesen algo mejores y pudiésemos aunque fuese dormir un par de horas.

Una hora más tarde y ya no sé cuantos baches en el

camino cuando estábamos a punto de tomar la autovía una de las ruedas reventó atravesada por un hierro caído en el camino. El conductor se bajó y con ayuda de uno de los pasajeros intentaron cambiar la rueda pero las herramientas que había en el autobús no eran suficientes por lo que no quedó más remedio que llamar al servicio técnico y esperar en medio de la nada durante horas.

Horas que por supuesto nosotros aprovechemos para al fin poder dormir. Algunos pasajeros aprovecharon para salir a fumar, estirar las piernas o tomar un poco de aire fresco cosa que agradecí muchísimo pues de ese modo el autobús se quedó prácticamente en silencio.

Una vez que terminaron de cambiar la rueda pinchada, la gente volvía a entrar en el autobús armando bastante barullo. Además se notaba que entre algunos de ellos habían congeniado bastante bien durante esas horas porque al principio ningún ocupante del autobús estaba charlando, pero después de ese tiempo estaban todo el tiempo conversando entre ellos.

Cosa que para nosotros fue un auténtico fastidio porque al llegar al fin a la autovía con las conversaciones resultaba completamente imposible dormir. Aun así nosotros nos mantuvimos al margen de todas las

conversaciones intentando como ya iba siendo costumbre pasar desapercibidos.

Al fin y al cabo en unas pocas horas más lograríamos llegar al aeropuerto de Madrid subiríamos al avión que nos iba a llevar al lugar más remoto e inimaginable del mundo haciendo de ese modo que de una buena vez se perdiese para siempre nuestra pista.

Por fin íbamos a lograr empezar una vida nueva en la que nadie nos conociese ni nos lograse encontrar jamás. Bastante más tarde de lo que esperábamos logremos llegar a Madrid pero para ese momento ya estaba cerrado el aeropuerto por lo que no nos quedó más remedio que buscar algún lugar en el que pasar la noche para poder al siguiente día realizar ese último viaje que nos cambiaría por completo la vida.

—Me siento tremendamente cansada después de tantas horas sin poder dormir. —comenté con mucho sueño.

—Sí, yo también estoy muy cansado pero ahora deberíamos buscar algún lugar en el que pasar la noche. Y tener cuidado para no llamar la atención. — comentó bastante cansado y preocupado.

—Pero también deberíamos comer algo —Agregue al mismo tiempo que mi estómago hacía ruidos a causa del hambre.

A lo lejos vimos una tienda de 24 horas y casi como si nos comunicásemos mentalmente nos dirigimos hacia ella lo más rápido que fuimos capaces. Compramos suficiente comida para cenar y desayunar. Fuimos al hotel que había más cercano al aeropuerto para pedir una habitación.

—Disculpen, ¿a dónde van? —preguntó el guarda de seguridad.

—Hola, queríamos una habitación para pasar la noche, nuestro autobús se retrasó por una avería en el camino y hemos llegado a la ciudad más tarde de lo esperado, teníamos que coger hoy un vuelo pero no hemos llegado a tiempo así que quisiéramos una habitación para pasar la noche e irnos mañana a ver si podemos coger otro avión. —Comentó Gustavo muy convencido de ello.

—De acuerdo, esperen aquí voy a hablar con la recepcionista a ver si podemos hacer algo — comentó él antes de desaparecer dentro del edificio.

—¿Crees que nos darán habitación? —pregunté preocupada por si nuevamente nos teníamos que quedar a dormir en algún banco.

—Espero que sí porque estaría bien poder darme un baño y dormir bien aunque sea solo por esta noche. —Comentó Gustavo bastante preocupado.

—Pasen —comentó el guarda—. No tenemos muchas habitaciones libres pero si no les importa tenemos libre una *suite* nupcial, es bastante más cara que las demás pero es lo único que os podemos ofrecer a esta hora.

—De acuerdo, nos la quedamos —aceptó Gustavo sin ni siquiera esperar a conocer el precio.

La recepcionista nos entregó unos papeles que tuvimos que rellenar para poder alojarnos, pagamos esa noche aunque nos salió bastante cara y después nos entregó la llave de la habitación. Casi sin energía nos dirigimos a la última planta donde estaba la s*uite* nupcial.

Nada más llegar Gustavo se metió a la ducha, yo por mi parte me tumbé sobre la cama para esperar que el terminase y ducharme yo también pero me quedé

profundamente dormida al poco tiempo de tumbarme.

Al despertar el sol de la mañana atravesaba las cortinas de la habitación, Gustavo dormía plácidamente. Yo aproveché para darme la ducha que la noche anterior no me había podido dar y al salir vi que aun seguía dormido.

Frente a mí en una mesa vi que teníamos una carta con el menú que teníamos incluido con la habitación. Escogí unos cuantos platos entre todas las opciones que teníamos disponibles en la carta y llamé al servicio de habitaciones.

Fueron bastante rápidos a la hora de traernos el pedido. Al traer el carrito con la comida a la habitación, el olor de terminó por despertar a Gustavo. Justos degustamos el desayuno y nada más terminar dejamos la llave en recepción y rápidamente nos fuimos al aeropuerto.

Desconocíamos nuestro nuevo destino, el cual sería por fin el definitivo pero juntos caminamos hacia el aeropuerto tremendamente emocionados imaginando cómo podría ser nuestra vida juntos en ese nuevo lugar. De pronto sentí un golpe seco y vi como al igual que yo Gustavo se desplomaba contra el suelo.

— ¿De verdad creíais que os dejaríamos marchar? —
una voz de mujer rompió el silencio justo antes de que
perdiese por completo el conocimiento.

# 23

## ʃolo un mal ʃueño.

La mañana amanecía hermosa en la habitación de hotel tumbada junto a Gustavo. El sol penetraba por una rendija de la ventana haciendo aun más cálida la estancia. <<Por suerte todo había sido un mal sueño>>, pensé aliviada mientras admiraba el rostro de Gustavo. Irremediablemente una sonrisa de tonta se dibujó en mi cara. Verle dormir plácidamente junto a mí era una de las sensaciones más maravillosas del mundo.

De pronto un escalofrío recorrió todo mi cuerpo: la puerta de la habitación se abrió y los golpes contra el suelo de los tacones de una mujer.

Me hicieron percatarme de que en el sofá de la

habitación dos hombres jugaban a las cartas, mientras degustaban un rico desayuno que olía a gloria bendita.

—Aun siguen dormidos —comentó la mujer seria y bastante malhumorada.

En esos momentos no sabía qué hacer, hacía un rato que me encontraba despierta pero fingía dormir. La voz de la mujer curiosamente me resultaba un poco familiar pero no lograba relacionarla con nadie. Pensaba y pensaba quién podría ser sin obtener ningún resultado.

—Sí, Cobra —Comentó uno de los hombres—, creo que este mentecato les propinó una dosis demasiado potente de somnífero.

—¡¿A quién llamas tú mentecato?! —gritó el otro al mismo tiempo que golpeaba a su compañero.

—Ya está bien, no quiero discusiones —Dijo la mujer terminando con la disputa.

Ambos dejaron de discutir inmediatamente pero sus respiraciones aun seguían agitadas, se mantenían obedientes pero estaban muy enfadados, alerta. Eso

provocó que mi miedo aumentase por lo que nos pudiesen hacer.

Habíamos logrado escapar durante muchísimo tiempo pero ahora por mi culpa, en vez de atraparme solamente a mí, nos tenían a los dos. Desconcertada y sin saber qué hacer intenté mantenerme en silencio y continuar fingiendo que seguía dormida.

Es probable que no fuese la mejor opción pero en esos momentos fue la única que se me ocurrió. La mujer con su repiqueteo de los tacones contra el suelo se acercó hasta nosotros y aunque tenía los ojos cerrados se que se paró justo a la espalda de Gustavo.

—Os dije que únicamente necesitábamos a la chica — Dijo ella bruscamente. Cogió a Gustavo de los pelos y tirando de ellos le levantó la cabeza.

Gustavo instantáneamente se despertó e intentó defenderse, por mi parte aunque ya estaba despierta desde hacía bastante tiempo no pude evitar poner cara de sorpresa y se me escapó un grito.

Sin saber bien porqué abracé a Gustavo atrayendo su

cuerpo hacia mí. Él no dijo ni una sola palabra y se limitó a abrazarme hundiendo ligeramente el rostro en mi cuello.

—Buenos días chicos — comentó Drella entre carcajadas.

—Tú eres Cobra —comenté incapaz de creer lo que estaba viendo—, pero por qué me estás haciendo todo esto. Yo te ayudé, nos habíamos convertido en grandes amigas.

—Amigas —comentó ella entre carcajadas—… yo jamás he sido ni seré tu amiga, tan solo eres una herramienta más para culminar la tarea que iniciaron mis ancestros. El encontrarnos junto a esa deplorable pensión únicamente fue parte del plan y si hubieses sido una buena chica en vez de irte, nada de esto estaría ocurriendo.

—¿Tarea? ¿qué tarea? ¿y yo qué tengo que ver en ella? —Dije balbuceando y sin ser capaz de entender ni una sola palabra.

—Eso tendrás que preguntárselo a tu padre, él te inmiscuyó en nuestro plan —soltó Drella en un tono tan tétrico que un escalofrío recorrió todo mi cuerpo.

—¿A mi padre?, pero si soy huérfana —volví a

balbucear cada vez con más dificultades para hablar.

—Te has criado como una huérfana por culpa de tu padre, pero en realidad no lo eres, tienes a un estúpido padre el cual te destinó al desenlace final que estás por vivir.

— ¿Qué? Pero… ¿por qué yo? —Fui incapaz de continuar articulando una sola palabra más.

Confundida y sin saber qué hacer abracé a Gustavo con mayor intensidad y apoyé mis labios sobre su pelo, él se mantuvo todo el tiempo abrazado a mí sin moverse y supongo que sin saber qué hacer. Por mi parte me sentía completamente confundida, aterrada e impotente.

—Tranquila, no te preocupes que todo irá bien — Susurró él intentando consolarme.

Nuevamente Drella estalló en estrepitosas carcajadas y volvió a colocarse junto a nosotros.

—¿De verdad piensas que para vosotros todo irá tan bien? —preguntó ella en referencia a lo que Gustavo me había dicho instantes antes, sus palabras mostraban su auténtico rostro de pura maldad.

—No te voy a permitir que le toques ni un solo pelo —Dijo él defendiéndome.

—No tienes nada que hacer contra mí para poder cumplir mi promesa —agregó ella con tanta seguridad en sus palabras que se erizó todo el vello de mi cuerpo.

El miedo poco a poco empezó a embargar todo mi ser y empecé a temblar ligeramente. Gustavo, que aun estaba abrazado a mí, retiró de mi rostro una lágrima furtiva que empezaba a resbalarse por mi cara y depositó un dulce beso sobre mis labios.

—Te amo y siempre te amaré no lo olvides nunca. — aseguró acariciando mi rostro. Un nuevo escalofrío recorrió todo mi cuerpo. Empezaba a temerme lo peor desesperada y sin saber que hacer tan solo fui capaz de abrazarlo un poco más fuerte. Mientas Drella y sus secuaces se reían a carcajadas.

—Por favor, suéltame —Susurró Gustavo en mi oído.

Sin entender bien por qué hice lo que me estaba pidiendo y aflojé un poco. En ese mismo instante, él se

abalanzó sobre Drella pero no fue capaz ni de rozarla, sin embargo ella con un movimiento rápido y ágil le clavó el cuchillo del desayuno en el cuello justo en la vena carótida.

Gustavo empezó a sangrar a borbotones y a los pocos minutos yacía sin vida. Yo corrí a estrecharlo entre mis brazos pero uno de esos gorilas me sujetó impidiendo que fuese capaz de acercarme a él. Completamente desolada e inmovilizada por aquel mastodonte comencé a llorar y patalear.

Los gritos inundaron toda la pensión, por lo que terminaron por amordazarme. Por supuesto mi estado de dolor no sirvió para nada y únicamente lograba que él me apretase más provocando cardenales en mi cuerpo.

El otro se dirigió sin muchas ganas de moverse hacia nuestra posición y nuevamente volvieron a inyectarme algo que provocó una vez más que perdiese el conocimiento.

# 24

# Pesadilla sin Fin.

Con un dolor punzante en el pecho desperté sola entre cuatro pareces sin ventanas, en el techo un par de respiraderos por los que penetraban unos débiles rayos de sol, gracias a ellos podía ver entre la penumbra aquel lúgubre lugar en el que me tenían presa. Sin fuerzas ni para respirar, me mantuve tendida sobre aquel camastro en el que me habían dejado observando la única salida que había en aquel lugar.

Esa maldita puerta metálica desprovista de ventana la cual me permitiese ver lo que me aguardaba al otro lado. Sin sonido alguno que penetrase en aquel lugar el cual me pudiese servir como pista para intentar averiguar un poco

acerca de mi paradero.

Tan solo esos respiraderos que me permitían saber si era de día o de noche pero demasiado lejos del suelo como para poder retirar la rejilla e intentar ver lo que hay en el otro lado. Y ni siquiera de eso me sentía completamente segura.

Con respecto al mobiliario además del horrible camastro con un colchón, no había nada de  mantas con las cuales pudiese taparme si tuviese frío, en una de las esquinas un letrero el cual indicaba que ahí estaba el inodoro, supongo que era una coña porque en ese lugar tan solo había un agujero en el suelo por el cual me obligarían a hacer mis necesidades y nada más.

Desconozco el tiempo que pasé ahí encerrada hasta que uno de los secuaces de Drella atravesó esa puerta. Justó cuando esta se abría intenté salir de aquel lugar pero me fue imposible, ni siquiera logré llegar a vislumbrar algo de lo que se encontraba tras la puerta.

En mi intento de escapar, al grandullón se le cayó toda la comida sobre el suelo por lo que me quedé sin poder probar bocado.

—Esta vez no te vas a escapar —aseguró él muy

pausadamente. Por mi parte no dije nada, su ronca voz me intimidaba como jamás me había intimidado la de cualquier otra persona. Al poco tiempo ya me encontraba con un hambre atroz y una sed tremenda, por supuesto a causa de la tremenda necesidad de consumir algún alimento.

Desesperada empecé a golpear la puerta gritando. Mientras yo seguía golpeando esa puerta por los respiraderos empezó a penetrar un gas que me provocó que perdiese las fuerzas y terminase por desplomarme contra el suelo.

Al despertar estaba nuevamente tumbada sobre el camastro y ante mí ahora se encontraba una silla de playa, una pequeña mesa y sobre ella, una pequeña lámpara que funcionaba a pilas y un reloj en el cual habían marcado con rotulador rojo tres horas.

Supuse que esas marcas eran para indicarme en qué momentos me traerían la comida y según pude apreciar hoy me quedaría sin comer porque el reloj se encontraba bastante lejos de la hora señalada.

Sin nada mejor que hacer, apagué la lámpara y me

acosté a dormir sobre aquel incomodo camastro.

Desconozco el tiempo que estuve sin poder dejar de pensar en Gustavo y recordar una y otra vez el fatídico momento de su muerte. Estar sin el estaba siendo lo más duro de mi vida.

Al despertar sobre la mesa estaba nuevamente la luz encendida y en la mesa un plato de avena con leche me estaba esperando. Comí cómo sino hubiese un mañana pero no había nada para beber así que la sequedad de la avena aumentó considerablemente mi sed.

Durante horas di vueltas por aquel lugar buscando algo que no hubiese visto antes, pero todo intento fue en vano no había nada en aquel lugar que me ayudase a escapar. Tan solo esa puerta que además tampoco sabía si me garantizaría que al otro lado se encontrase mi libertad.

Nuevamente por los respiraderos empezó a salir aquel gas, y ya conociendo sus efectos, rápidamente me tumbé sobre el camastro y al ver el reloj pude apreciar que faltaba aproximadamente una hora para que fuese la hora de comer.

Al despertar nuevamente la comida se encontraba sobre la mesa y el reloj pasaba un poco de las dos.

Sobre la mesa, un cochambroso plato contenía sopa fría un bollo de chocolate el cual estaba medio duro y una botella de agua. Coloqué la botella sobre la cama para reservarla por si en otro momento tenía sed y no me habían traído nada.

Me tomé la sopa y el bollo pero aun así la comida resultaba poco sustanciosa por lo que no terminó de saciarme. Más tarde para la cena se volvió a repetir nuevamente la historia, pero eso me desveló que lo que yo pensaba: que serían los rayos del sol en realidad no lo eran, porque el reloj marcaba las ocho y según pude apreciar mientras me iba quedando dormida, aún seguía penetrando la luz en la habitación, además en ningún momento había disminuido la intensidad.

Y así un día tras otro repitiéndose siempre el mismo patrón. No tengo ni idea cuantos días pasaron ya que el encierro y la rutina terminó haciendo que fuese incapaz de tener percepción de los días que habían pasado. Lo único que tenía claro es que necesitaba urgentemente un baño y así poder darme una ducha.

Pasé todos y cada uno de los días reviviendo una y otra vez la muerte de mi amado Gustavo.

El dolor, la ira y la impotencia por no saber qué hacer cada día resultaba más intenso y desolador. Aun así no tenía oportunidad de hacer nada y por más que pensaba no se me ocurría nada que pudiese hacer.

Un día decidí que no merecía la pena seguir luchando por algo que en realidad ya había tocado fondo así que dejé de comer lo que iban trayendo. Si moría todo habría terminado y con mi muerte al fin llegaría el final de todo mi sufrimiento.

No tengo ni idea de cuantos días pasé sin comer pero cuando vieron que no iba a seguir tomando alimento alguno, optaron por sacarme de aquel lugar.

# 25

# Una Verdad Escalofriante.

Cuando desperté me encontraba en una especie de laboratorio amarrada a una cama con varias vías conectadas a mi cuerpo por las cuales se encargaban de mantenerme alimentada. Unas lágrimas de impotencia al ver que ni morir estaba en mis manos atravesaron mi rostro.

—Siento mucho que tengas que estar pasando por esto —Dijo entre sollozos un hombrecillo escuálido con una bata blanca y una barba que indicaba debía de haberse afeitado hace años.

—No se disculpe, todo lo que me está ocurriendo es culpa de Drella —Dije sin saber bien porqué, al mismo

tiempo que intentaba calmar los sollozos de aquel hombrecillo.

—Hija, tengo que disculparme porque todo lo que ocurre es por mi culpa —Comentó el señor con la voz entrecortada — Si yo no hubiese desobedecido tú no…

—No se preocupe, fui yo la que dejó de comer y por eso estoy … —Me cortó él con un grito ahogado.

—¡No! eso no tiene nada que ver, todo esto viene de mucho tiempo atrás. —estaba mirándome desesperado.

—¡Espera! Tú… ¿tú no serás…? — grité cargada de ira.

—Sí, soy yo, soy tu padre —Comentó desolado al tiempo que me daba la espalda para que no le viese llorar.

—Oh, qué bonito y emotivo reencuentro familiar… ¿verdad que sí, Padre? —Dijo Drella en tono burlón.

—Hija, por favor, ¡no", es tu hermana ella no tiene la culpa de nada, ella s…

— ¿Qué? —Grité estupefacta por lo que estaba escuchando — ¿Cómo que mi hermana? ¿Me estáis tomando el pelo? ¡Yo soy huérfana!

—No, querida hermanita, tú no eres una huérfana, eres mi hermana pequeña y la última pieza que falta para culminar la noble tarea de nuestros antepasados —comenzó a decir Drella volviendo a utilizar aquel tono tan tétrico.

—No entiendo nada —Grité llena de rabia —. Lo único que sé es que te voy a matar por lo que le has hecho a Gustavo.

Una oleada de carcajadas provenientes de Drella inundó la estancia, creando un ambiente tétrico que una vez más lograba erizarme todo el vello de la piel.

—Él no era nadie, era completamente prescindible además que crees que tu p…

—Él era mi pareja, era una persona inocente que no hizo ningún mal a nadie —Grité cortando la frase de Drella, defendiendo la memoria de Gustavo. Sin poder evitarlo las lágrimas empezaron a brotar como ríos mostrando todo mi dolor y sufrimiento.

—No me era útil para nada y tú tampoco lo serás en breve —me aseguró Drella pegando su rostro a escasos

centímetros del mío. Podía sentir su gélido aliento y respirar su amargura.

Instantáneamente la rabia y la impotencia que albergaba en mi interior me hizo escupirle en la cara con todas mis ganas. Automáticamente ella me soltó una buena bofetada. El hombrecillo escuálido que supuestamente era nuestro padre biológico observaba todo desde la distancia incapaz de moverse o articular cualquier palabra.

Parecía tan pequeño e insignificante al lado de esa bruja que decía ser mi hermana. Toda aquella situación cada vez me resultaba más surrealista e imposible de creer.

—El plan se culminará al alba así que empieza a prepararla de inmediato —ordenó Drella volviéndose ligeramente para ver el terror en los ojos de nuestro padre. Como un resorte volvió a mirarme impasible —. Y tú, hermanita, prepárate para morir.

Dicho esto, se marchó. El hombrecillo, el cual aun no creía que pudiese ser mi padre, se encontraba en una

esquina llorando completamente desolado. A duras penas se mantenía en pie y trasladaba cachorritos del laboratorio de un lugar a otro.

—Tranquilo, no te preocupes y haz lo que tengas que hacer yo estoy preparada para morir. —le aseguré intentando calmarlo.

—Pero yo no —Dijo a duras penas

—No te preocupes, a mí ya no me queda nada.

—Te queda toda una vida por delante, aun eres muy joven y no mereces que yo…

—No te preocupes yo estoy tranquila. —Dije sin dejarlo terminar e incapaz de escuchar ni uno solo más de sus balbuceos.

—Todo es mi culpa, todo es mi culpa, todo es mi culpa, todo es mi culpa, todo…

—Cálmate, por favor —pedí volviendo a cortarlo, cada vez me estaba resultando más complicado soportar tantos lamentos.

—Ellos, ellos me necesitan para su plan —Comentó él como si acabase de caer en la cuenta en ese preciso instante. Y una gran sonrisa se dibujó en su rostro—. ¿Lo

entiendes?, ellos me necesitan para el plan. Me necesitan, me necesitan, me necesitan —Volvió a repetirse una y otra vez histérico, dando vueltas por todo el laboratorio.

—Tranquilo —Dije sin saber bien por qué.


Él continuó bastante enfadado sin parar de dar vueltas de un lado a otro del laboratorio, sin dejar de estar colocando cosas de un sitio en otro, cosa que desde mi punto de vista no tiene mucho sentido pero bueno.

De pronto corrió hacia un cajón y fue sacando unos papeles, los cuales amontonó sobre la mesa, unos discos duros que puso unos sobre otros siguió abriendo cajones y sacando más papeles. Mientras tanto, yo era incapaz de hablar, me limité a observar toda la situación estupefacta e incapaz de entender nada de lo que estaba realizando.

Cuando terminó de sacarlo todo lo tiró todo dentro de una papelera, derramó un líquido y prendió fuego. Rápidamente se acercó hasta mi posición provisto de un bisturí en la mano derecha.

Tenía el rostro desencajado y la mirada cargada de dolor. Tragué saliva, mi momento de morir había llegado y

ni siquiera podía defenderme. De pronto, una alarma empezó a sonar y a lo lejos se empezaron a sentir carreras, cerraduras que se abrían y cerrojos deslizándose bruscamente.

Él se mantuvo con esa sonrisa de satisfacción ante mí. Daba la impresión de estar nervioso, encolerizado y bastante intranquilo pero al mismo tiempo parecía muy seguro de lo que tenía que hacer.

—Discúlpame por todo lo que has tenido que pasar por mi culpa, cometí muchos errores pero se terminó, ha llegado el fin. —Se guardó el bisturí en el bolsillo y con movimientos rápidos sacó un cuchillo del bolsillo con el que cortó mis atadura

# 26
# En Mi Interior.

No lograba entender nada de lo que estaba pasando pero poco a poco todo el laboratorio estaba siendo rodeado por fornidos hombres. Paralizada por la situación y sin saber qué sería lo siguiente que iba a pasar me mantuve mirándolo incapaz de articular ni una sola palabra.

Él volvió a sonreír y se sacó el bisturí del bolsillo. A lo lejos con mucha calma y sin prisas se escuchaba como un par de personas se acercaban golpeando sus tacones contra el suelo. Imaginé que una de esas mujeres que se acercaban sería Drella, pero ¿quién más podría estar acompañándola?

—Tengo que apresurarme —dijo acelerándose un

poco—, hija sonríe no te preocupes vas a vivir y prométeme que en cuanto veas la primera oportunidad vas a escapa…

—¡No entiendo nada!, ¿no me vas a matar? —pregunté estupefacta.

—No, tú no vas a morir hoy —Dijo el acelerado —. Pero sí tengo que desactivarte el dispositivo que tienes implantado en el cuello.

—¿Que tengo qué? —estaba completamente incrédula.

—No voy a tener suficiente tiempo para retirártelo del cuerpo, ya estamos rodeados pero sí será suficiente tiempo para iniciar la desactiv...

—Pero ¿qué estás diciendo? —Dije sin entender nada.

—Cállate y escucha, no tengo tiempo. Iniciaré la desativación, pero no será hasta pasadas cuarenta y ocho horas cuando el dispositivo quede completamente inutilizable por lo que en cuanto puedas tienes que escapar, pasado ese tiempo ya no les serás útil y tendrás una oportunidad de vivir. Hazme caso, tú no vas a morir hoy. Lo siento pero te va a doler.

Con un rápido movimiento realizó una incisión en la parte inferior de mi cuello que me dolió muchísimo, pero nada comparado con el dolor que sentí cuando sin anestesia ni nada empezó a indagar en el corte y profundizó un poco más en la herida.

Noté como poco a poco la sangre resbalaba desde mi cuello y bajaba por mi espalda. Roció un *spray* sobre la herida y la cerró a toda prisa. Seguidamente pegó un gran apósito que me cubría la mayor parte del cuello.

En cuanto terminó se retiró unos pasos y se puso ante mí en una mano portaba el cuchillo y en la otra el bisturí. Los pasos de las dos mujeres cada vez se sentían más cercanos, más fuertes.

Él cada vez temblaba más y más. Frente a nosotros empezaron a hacer hueco y por ahí pasó Drella acompañada por otra mujer más mayor pero que portaba esos mismos aires de superioridad.

—No, no, no... Gerardo, ¿de verdad pensaste que te ibas a poder salir con la tuya?. —quiso saber la señora con el mismo tono tétrico que Drella.

—Priscila, cariño mio, ya me he salido con la mía, toda la información está ardiendo, la única fuente que

alberga todos y cada uno de esos conocimientos soy yo, el dispositivo de nuestra hija se está desactivando y cuando eso sea definitivo nuestra hija ya no será de utilidad para culminar tus planes…

Una carcajada estridente propia de una persona mentalmente trastornada brotó con intensidad de su interior. Él incapaz de seguir pronunciando ni una sola palabra más apretó las manos con fuerza, se colocó ante mí un poco más erguido y con más seguridad en sí mismo de la que había sido capaz de ver anteriormente.

—Nuestra hija no tiene la culpa de nada y pronto será libre. Además pronto será imposible que puedas culminar tu estúpido plan, porque pronto no quedará nada sobre lo que trabajar. —Dijo el serio y con mucha seguridad.

—Estás equivocado, esta noche se culminará nuestro plan quieras o no. Y te recuerdo que en un principio fue nuestro plan, no solo mi plan. Que tú seas tan cobarde de no llevarlo a término no es mi problema. —Ella levantó la mano y chasqueó los dedos.

Con ese simple gesto un par de hombres se colocaron junto a ella y su hija Drella. Aun paralizada sentí la necesidad de hacer algo. En mi interior algo me decía que tenía que ganar tiempo como fuese.

—*QUÉÉÉÉÉ* —grité intentando que mi voz se alzase por encima de todas las demás. Lo que provocó que Priscila se girase a mirarme como si tuviese en el cuello un resorte. —¡No puede ser! ¿Ahora me diréis que ella es mi madre?

—Sí, soy tu madre —Dijo mirándome directamente a los ojos, acto que me intimidó bastante.

—Venga ya, a quien se le ha ocurrido toda esta locura. Yo soy huérfana, cuántas veces he de repetirlo. Me crié en el orfanato de n...

—Puedes repetirlo tantas veces como quieras —Drella habló sumándose a la conversación familiar y cayendo en mi trampa para ganar tiempo.

—Que no, que yo no tengo familia soy huérfana y ustedes están todos locos —Grité con toda la energía que fui capaz.

Salir de aquel lugar era una tarea imposible, los hombres rodeaban todo el laboratorio, por más que observaba a mi alrededor no había escapatoria. Incapaz de saber que hacer seguir intentando ganar tiempo, aunque sinceramente no sabía bien porque ni para qué pues era completamente imposible escapar de ese lugar con vida.

Aun así sentí una necesidad imperiosa en mi interior y seguí adelante intentando seguirles el rollo para de ese modo poder obtener el máximo tiempo posible.

—Sí, hija, somos tus padres, unos muy malos padres pero somos tus padres —Gerardo volvió a sumarse a la conversación.

—Si sois mis padres y ella mi hermana ¿por qué me estáis haciendo todo esto? ¿por qué me aban…

—Si estás en esta situación es porque tu padre es un maldito cobarde que a la hora de la verdad siempre se arrepiente. Te implementó ese dispositivo, que es la llave maestra de todo nuestro plan porque el muy cobarde a la hora de la verdad se arrepintió y no tu…

—Pero, ¿qué tenía que ver yo en ese plan? —Pregunté estupefacta.

—En un principio nada, el muy cobarde fue el que te involucró. —Dijo ella cargada de ira sin ser capaz de apartar la mirada ni un segundo de Gerardo.

—Pensé que sería el único modo de frenar a tu madre. —Dijo él con los ojos llenos de lágrimas —Pero me equivoqué, no hay nada que la pueda parar o mejor dicho no había nada que la pud…

—No te confundas, querido. No había nada. Ni hay nada que me pueda parar. Ni lo habrá jamás. Además tengo conmigo a Drella y ahora mismo somos más imparables y fuertes que nunca.

—Tú corrompiste a nuestra hija y la hiciste a tu imagen y semejanza. Pero ella también es inocente en todo esto. Drella, hija mía, no sigas adelante ¡es tu hermana!

—Padre, gracias a ti yo no tengo aprecio por ella, crecimos separadas; para mí, aunque sea mi hermana, no lo es porque no crecimos juntas. Tú mismo te encargaste de mandarla muy lejos para que eso ocurriese. Ahora no me vengas con sentimentalismos.

—Pero tú no puedes ser ta… —Dijo él entre sollozos incapaz de terminar la frase.

—Yo puedo y lo voy a hacer. —Dijo ella fría y tajante intentando ponerle punto y final a la conversación.

# 27

# Al Filo Del Abismo.

Una inmensa necesidad de hacer algo se empezó a apoderar de mí, pero por más que pensaba y pensaba no sabía que decir, cómo continuar la conversación, cómo alargar unos minutos más de tiempo. Todos nos mirábamos unos a otros sin articular palabra.

Gerardo temblaba ligeramente mientras ellas permanecían en posición sin articular un ápice de humanidad. Los dos fornidos hombres que se encontraban tras ellas intercambiaban miradas impacientes como si no supiesen qué hacer. Uno de ellos respiraba profundamente y el otro apretaba los dientes, parecían preocupados y bastante desconcertados.

—Gerardo, es la hora. Apártate o te tendremos que apartar nosotros. —Comentó tajantemente Priscila rompiendo al fin con aquella tensión.

—¿Que me aparte? —Preguntó estupefacto. — ¿Pero no me creías tan inútil e incapaz? ¿no eras tú la que pensaba que no tengo agallas? —inquirió Gerardo bastante sorprendido por las palabras de su esposa.

—¿Acaso las tienes o las has tenido alguna vez? — Exclamó ella más altiva que nunca. Soltando una carcajada estridente que inundó toda la estancia. — No te molestes en responder, ambos sabemos que eres un cobarde sin agallas.

—Además, no podrás defenderla somos muchos más —Agregó Drella en un tono altanero y con aires de superioridad.

—Drella, ¿acaso piensas que la estoy defendiendo? — Preguntó Gerardo cada vez mas incrédulo.


Estupefacta y sin saber qué hacer permanecí quieta en un segundo plano observando y escuchando todo lo que estaba ocurriendo. Incapaz de entender, incapaz de

intervenir y bastante preocupada mientras la incertidumbre poco a poco embargaba un poco más cada uno de los poros de mi piel.

—Y entonces… ¿qué se supone que estás haciendo, Gerardo? —Preguntó Priscila bastante desconcertada.

—Tan solo intento darle unos minutos más de vida para asegurarme de que este plan no llegará a término, el único lugar en el que está la información para poder empezar nuevamente desde cero con el plan es en mí y te aseguro que la jamás vas a obtener. —Comentó él mostrando seguridad en cada una de sus palabras.

—Unos minutos más no le serán de mucha ayuda, por si no te has dado cuenta tan solo aumentan la agonía de tu hija. —Dijo Priscila dirigiendo su mirada hacia mí, acto que hizo que él también me mirase. — ¡Retenedlo! — Ordenó Priscila a los dos grandullones. Sonaba tan fría, tan calculadora que en estos momentos con el hecho de solo pensarlo vuelvo a temblar de arriba a abajo.


Sin una palabra más y con un movimiento rápido Gerardo se cortó el cuello y se desplomó a mis pies.

En esos momentos nuevamente volvió la imagen que mi amado Gustavo muriendo a manos de la zorra de mi hermana. La ira se volvió a apoderar de mí, intenté pensar fríamente para buscar el modo de escapar. A mi alrededor todos estaban estupefactos con lo que acabada de ocurrir. Nadie había esperado que él tuviese fuerzas para quitarse la vida.

—¡Rápido, sigamos con el plan, antes de que sea demasiado tarde! —Exclamó Priscila bastante atropelladamente elevando la voz un poco más con cada palabra.

En esos momentos y gracias a sus palabras me di cuenta de que en realidad Gerardo había dado con lo único que frenaría a su mujer y que si yo lograba escapar pasadas esas horas el plan terminaría por llegar a su fin. Ahora era mi momento: debía ganar tiempo hasta que encontrase el modo de escapar de sus garras. De lo contrario, la muerte de mi padre habría sido en vano y no estaba dispuesta a permitirlo.

—Hombre, ¿no decías que no había y habría nunca nada que te pudiese parar? —Dije intentando ser tan fría

como ellas.

—Y no lo habrá en cuanto te conectemos a la máquina. —aseguró Priscila ansiosa.

—Madre, no pienso ponértelo tan fácil —hablé fríamente.

—Dejemos las parsimonias, madre —pidió Drella al mismo tiempo que desenfundaba una pistola.

—No, detente —Gritó Priscila. —. Ella no puede morir.

—Pero, ¿qué dices, madre?, el tiempo se nos está terminando —Grito Drella fuera de sus casillas —. Y encima tú también te pones a defenderla.


Mientras ellas discutían yo observaba toda la situación y sin que se diesen cuenta poco a poco me fui levantando de la camilla, sentí un ligero mareo por la cantidad de sangre que había perdido pero observar toda aquella situación me hizo comprender muchas cosas de las cuales Drella no se estaba dando cuenta.

Sin querer pisé mal y caí sobre el cuerpo inerte de mi padre, lo que provocó que ambas se girasen para mirarme.

—¿Qué te crees que estás haciendo? —Preguntó Drella a voz de grito.

—No lo entiendes, ¿verdad, querida hermanita? —inquirí fríamente sin levantar la vista del suelo y con mi mano sobre el cuchillo que momentos antes sostenía mi padre. Mi madre se quedó paralizada mirándome pero mi hermana me apuntó con su arma.


Mientras me levantaba lentamente del suelo con el cuchillo entre mis manos apoyado sobre el corazón mi madre tragó saliva, se acercó a mi hermana y bajó su brazo para que no me apuntase.

—Hermanita, querida, si yo muero, conmigo morirá el plan, ¿verdad que sí, madre? Si alguien se atreve a hacerme algo ya no habrá ningún plan que terminar. —hablé con más seguridad que nunca.

—Madre, ¿eso es cierto? —Preguntó Drella incrédula.

—Abril, sinceramente no sé de dónde te sacas esas estúpidas ideas —Dijo ella pero no parecía totalmente convencida.

—Entonces déjala que me dispare y terminemos de

una buena vez con toda esta historia —Grité sin saber bien por qué.

Drella nuevamente volvió a levantar el arma y a apuntarme. Pero Priscila nuevamente volvió a bajarle el brazo, aunque en esta ocasión se escapó un disparo que acabó con la vida de uno de los grandullones que formaban la barrera al rededor de todo el laboratorio. Pero este acto me confirmó que evidentemente yo estaba en lo cierto. Sin poder evitarlo empecé a reírme.

—Eres estúpida —Dijo Priscila a Drella intentando no alzar demasiado la voz. Drella palideció y con eso entendió que todo lo que yo había dicho era cierto.

—Bueno y ahora que sé la verdad apartaos y dejadme salir o juro que clavaré este cuchillo en mi pecho. —amenacé, segura de mis palabras.

Priscila chasqueó los dedos y todos los hombres que se encontraban en formación dejaron su posición. Ante mí la puerta se encontraba completamente libre pero sentí que no podía ser tan fácil.

No me iban a dejar irme tan fácilmente cuando yo soy la última pieza que les falta para culminar sus planes.

# 28

# Fin del Juego.

Durante unos minutos más permanecí quieta mirando a mi alrededor como todos esos hombres se re-posicionaban unos detrás de otros dejando libre la salida. Pero era evidente que no se rendirían tan fácilmente.

En sus caras podía ver el reflejo de que algo tan sencillo como estar descalzos no les entretendría o supondría impedimento alguno para abalanzarse sobre mí en la primera oportunidad que tuviesen.

—Ya tienes vía libre hasta la puerta. —Dijo Priscila impaciente.

—¿Acaso pensáis que soy tan estúpida?, en cuanto me

disponga a salir se abalanzarán sobre mí para arrebatarme el cuchillo.

—Vaya, tal como me imaginaba eres tan inteligente como yo esperaba. —Dijo con una gran sonrisa de satisfacción.

—Quiero que dejéis más espacio junto a la puerta, que todos os quitéis los zapatos y los lancéis a la esquina que hay junto a la puerta. —ordené intentando hacer algo que les dificultase un poco el salir corriendo detrás de mí.

—Sabes que esta petición es una ridiculez —apostilló Drella mientras se quitaba los tacones. Mientras tanto Priscila observaba sin comentar nada al respecto.


No agregué nada a su comentario y seguí pensando el siguiente paso mientras ellos terminaban de quitarse el calzado. Sabía perfectamente que eso no sería un gran impedimento, aun así me pareció que era muy buena opción para tenerlos entretenidos y ganar algo de tiempo que me permitiese pensar con un poco de tranquilidad.

—Ahora, vosotros quitaos las camisetas y vosotros amarradlos con fuerza, cuando estén amarrados pasáis la

camiseta del siguiente entre las ataduras del anterior y amarráis ahí al siguiente, vais haciendo lo mismo hasta que todos estéis amarrados.

—Pero tú eres estúpida o qué, ¿no te das cuenta que no pueden quedar todos amarrados? al menos uno va a quedar sin amarrar. —Dijo Drella altaneramente.

—Lo sé hermanita pero resulta que para cuando quede solo uno, esa persona habrá quedado ocultar tras este área de ventanales y los laterales de la puerta estarán repletos de hombres amarrados unos a otros. Y ahora vosotras tirad ahí los zapatos y poneos mirando hacia el cristal. —Dije con la mayor seguridad y frialdad que fui capaz de reunir.


Mientras ellas hacían lo que les pedí yo empecé a andar lentamente y sin hacer ruido hacia la salida. Sin saber bien hacia donde ir, salí corriendo. No tardaron mucho en darse cuenta de mi huida y salir todos corriendo en mi búsqueda.

Conforme avanzaba por aquellos pasillos tuve la suerte de tener todas las rejas abiertas por lo que pude correr sin preocuparme por ir buscando otra salida. Aun así se sentían a esos hombres cada vez más y más cerca de

mi ubicación.

<<Tienes que ser rápida, tienes que pensar >> me dije a mi misma en un intento desesperado por ganar tiempo de donde fuese. Al final del pasillo encontré una puerta que daba a la calle pero estaba cerrada.

La desesperación empezaba a apoderarse de mí, ver por esa ventana el exterior y no saber cómo llegar hasta ella me estaba resultando la peor de las torturas.

Desesperada busqué la llave, hasta que me di cuenta de que junto a la puerta había un botón. Al pulsarlo la puerta se abrió y pude seguir corriendo. Pero claro, esos minutos que perdí eran cruciales ya que muchos de los hombres se encontraban casi pisándome los talones.

—Puedes correr todo lo que quieras pero no escaparás, no hay ningún lugar en el que te puedas esconder de nosotros. Siempre te encontraremos. —Gritó uno de esos hombres con una voz tan tenebrosa que se me erizó todo el bello de la piel.


Sin mediar palabra seguí corriendo aunque ya empezaba a notar como el cansancio se iba abriendo

camino. Sin embargo los hombres que me perseguían parecían incansables.

Agotada y con un hambre atroz intenté ir aun más deprisa con tan mala suerte que no logré ver algo que había en el suelo. Al pisarlo caí estrepitosamente ladera abajo.

Ramas, palos y piedras chocaban contra cada una de las partes de mi cuerpo, desgarraban mi ropa y causaban heridas en mi piel. Finalmente una gran roca detuvo mi descanso al mismo tiempo que con un fuerte golpe termine inconsciente.

Desconozco cuanto tiempo pasé en aquel lugar ni tampoco sé qué pasó durante ese tiempo en el que perdí el conocimiento, tan solo sé que al despertar me encontraba en este lugar tumbada cómodamente sobre una cama.

Por ello es que no suelo pensar muy a menudo en aquel lapso de tiempo y tampoco es una época que me apetezca demasiado recordar. Tan solo espero que ese pasado quede en el olvido enterrado bajo toneladas de hormigón y que jamás nadie lo vuelva a destapar.

Logré pequeños momentos de alegría entre toda aquella odisea, momentos que rápidamente me fueron

arrebatados.

Fueron más grandes todas las decepciones y desilusiones encontradas durante todo ese camino en el que para finalizar terminé descubriendo todo ese pasado oculto que jamás había buscado y nunca desee encontrar.

# Carta Al Lector.

Querido lector aquí termina esta historia, espero que la hayas disfrutado tanto como la disfruté yo mientras la estaba escribiendo. Justo en este momento es cuando acabo de poner el punto y final a la historia.

Un buen día allá por el 2012 en Almería – España, empecé a escribir el primer libro de esta novela titulado *Traición – Un viaje Inesperado* y con el queya se han publicado dos ediciones cosechando muy buenas críticas.

Antes de su publicación fue iniciada esta segunda parte y hoy día cuatro de Noviembre de 2017 a las 6:36 de la mañana en Mühlhausen / Thüringen un pueblo de Alemania embarazada de mi hijo Erik, acabo de terminarla.

No tengo ni idea de hasta dónde llegará esta historia pero ya nada más por haberla terminado me siento muy feliz.

Desde el principio del embarazo quise terminarla antes de que mi hijo naciese, en algunos momentos incluso he llegado a dudar que fuese capaz de terminarla a tiempo.

Sinceramente si hubiese nacido en la fecha que debía esta novela no se habría terminado antes de empezar esta nueva etapa de mi vida que está por llegar. Pero mi hijo decidió que él quería permanecer en mi interior un poquito más de tiempo y gracias a ello es que hoy he logrado mi objetivo y antes de que naciese, he finalizado esta novela.

Durante estos aproximadamente cinco años he pasado por muchas dificultades para lograr terminar la historia, he realizado entre medias otros relatos un poquito más cortos con vistas a presentarlos en concursos literarios para los cuales nunca logré llegar a tiempo y he iniciado otra novela la cual también desconozco cuando voy a lograr terminar.

Algunos de vosotros llegaréis nuevos a mi vida por medio de mis historias y seréis los que han corrido con mayor suerte.

Otros no habéis corrido con ella pues habéis tenido que esperar mucho más tiempo, estuvisteis juntos a mí desde el principio y me habéis estado acompañando durante todos estos años en el recorrido.

Es a vosotros, mis queridos soñadores, que quiero agradeceros todo ese tiempo, ánimo y ganas de conocer esta última parte de la novela.

Con algo de temor por si pudiese haberos defraudado os digo espero que la halláis disfrutado tanto como yo. Aun vais a tener que esperar un poquito más no solo porque en estos momentos inicio el proceso de corrección de posibles fallos, el comité de lectura, después viene el proceso de maquetación y por último el de impresión.

Sino porque como he comentado anteriormente estoy viviendo en Alemania por lo que hasta que no regrese nuevamente a vivir en España y ahorre el dinero necesario para realizar la publicación, me va a ser imposible realizar esta primera tirada y la promoción con la que os informaré del lanzamiento.

Evidentemente durante el proceso hasta que este entre tus manos yo voy a estar muy nerviosa feliz por haber terminado y que puedas disfrutarlo. Con esa sonrisa tonta que se queda clavada cada vez que logramos terminar algo.

Pero también muy, muy feliz porque este niño que en estos momentos se mueve alegremente en mi interior.

Al que seguramente ya conozcáis para ese momento muy probablemente por mi cuenta de Instagram, para el momento en el que tengáis este libro en las manos ya habrá nacido.

Nuevamente muchas gracias por estar ahí y nos vemos en el próximo libro.

Atentamente,

Mary Martín.

# Bibliografía.

María del Mar Martín Fernández, más conocida como Mary Martín. Nació el 13 de julio de 1988, en Almería (España). Siempre soñó con llegar algún día a ser escritora y hacerte volar con su imaginación hacía sus mundos imaginarios.

No pretende ser la nueva Corín Tellado, ni tampoco asemejarse a J. K. Rowling o cualquier otra persona que se te pueda pasar por la mente. Tan solo quiere cumplir su sueño sin dejar nunca de ser ella misma. Avanzar cada día un pasito mas e ir superando cada uno de los obstáculos que la vida pone en su camino.

A continuación tenéis en orden de publicación todos los títulos que ha publicado a día de hoy, recuerda visitar su blog o web para asegurarte de que no hay algo nuevo o usa el QR de la cubierta para ir directamente.

*-Pedacitos de mí – **miniTEXTOS*** (poesía)

*-Mi Séptimo Cumpleaños* (Relato Corto)

*-Amor y Mentiras* (Relato Corto)

*-Traición – Un Viaje Inesperado* (Novela)

*-Traición – Un Secreto Peligroso. (Novela)*

*-Diario de Una Blogger (Novela) Proximamente...*

En estos momentos no es una trayectoria muy larga pero todo el mundo en algún momento de su vida pasa por esta primera etapa. Ojalá decidas seguir acompañándola en esta andadura por el mundo de las letras y juntos descubramos hasta donde es capaz de llegar con esfuerzo, constancia y dedicación.

Siempre quiso ser ella misma la que se encargase de realizar las publicaciones y aunque por desconocimiento en una primera instancia empezó con una pequeña editorial con la segunda edición de *Traición – Un Viaje Inesperado* se animó a dar ese paso.

Se sentía capaz y preparada por lo que no lo dudó ni un instante y se puso a trabajar en ello. Hoy día empieza a formar su pequeña empresa pues para ella es muy importante que en cada publicación este cuidado hasta el más mínimo detalle de cada uno de los libros.

Quiere realizar paquetes o ediciones especiales en las que podáis obtener objetos de *merchandising* a juego con cada libro tan cuidados como los propios libros, libros firmados, objetos edición limitada y muchas sorpresas más que con el tiempo podrás ir descubriendo por ti mismo.

# Agradecimientos.

Quiero dar las gracias a todos los soñadores que me acompañan en esta aventura ya sea desde sus inicios en 2012 o a partir de que se encontró con alguno de mis libros, canales o el blog, pues sin ellos nada de esto se estaría convirtiendo en una realidad que cada día me llena de felicidad.

A Francisco Javier Vargas, mi pareja, por aguantar mis sueños y estar en todo momento a mi lado. Aunque en algunas ocasiones pueda ser muy densa con mis momentos de ansiedad e inquietudes.

Gracias a mi familia porque vosotros también tenéis siempre que soportarme cuando estoy preparando alguna de mis nuevas historias.

A Gema Mª Galan, María Orgaz, Patricia Suprevia, Ana López, Pili Ruiz y Montse Gomez, mis amigas, las cuales siempre están ahí para todo y que también tienen que sufrir la carga de soportarme.

Por supuesto a mis amigos y compañeros escritores con los que comparto mucho más que una afición, Javi Carretero, Fran Cazorla, Domingo Torrente, Paula Chacón, etc.

Muchas gracias a la prensa y a todas las blogeras que me ayudan diariamente a dar a conocer mi trabajo. Gracias por todo el apoyo es muy importante para mí. Además me hace una ilusión tremenda cada vez que veo que habláis de alguno de mis libros.

Muchísimas gracias también a Amanda Cazorla mi correctora estilográfica, la cual ha revisado todo el texto minuciosamente. Para que hoy tú puedas disfrutarlo sin distracciones.

Y ahora quiero agradecerte a ti que estás terminando de leer la segunda parte de *Traición*. Por haber escogido mi historia entre tantas opciones como hay. Ya eres parte de mi andadura sigas o no junto a mí en esta aventura, mil gracias por llegar a mi vida. Aunque si te quedas muy cerca, temo que serás uno más de tantos que en cierto modo les toca aguantarme.

# Índice

Ya has terminado de leer

**Un secreto peligroso**

Sigue Pendiente para leer

La próxima novela de

Mary Martín

**Próximamente...**

# Diario de Una

# Blogger

Suscríbete al canal de YouTube

## Sueños de Papel y Tinta

Para estar al día de todas las publicaciones

Entre ellas

# Diario de Una

# Blogger

No esperes más y conoce detalles en exclusiva

Participa en Sorteos

Ten la oportunidad de ser parte de la novela

y muchas cosas más.

www. Sueños de Papel yTinta .com

Este libro es el número:

Libro no numerado Edición Amazón

Este libro se terminó de imprimir
en Almería durante Septiembre de 2018

# Quieres conocer

## más títulos de la autora:

Tienes dudas, sugerencias, has
hecho una reseña de este libro,
quieres una entrevista, charlar con su
autora... Si es así escribe a:
**marymartinoficial@hotmail.com**
y con mucho gusto responderé a tu
pregunta.

*   9 7 8 8 4 0 9 0 3 6 9 9 8   *